Mes petites énigmes

De la 5e à la 4e
12-13 ans

ESCAPE GAME

Course-poursuite en Europe

Sandra LEBRUN
Ludographe,
autrice d'Escape Games

hachette
ÉDUCATION

Plonge au cœur d'une histoire palpitante, intrigante et pleine de rebondissements, et voyage à travers les grandes villes de l'ouest du continent européen.

Réussiras-tu à élucider cette enquête et à échapper à ces mystérieux inconnus qui te suivent à la trace ? Résous les énigmes une à une et collecte tous les chiffres mystère qui te permettront de t'en sortir et de percer le secret de cette histoire.
Prêt(e) à relever le défi ?

Ouvre l'œil et ne laisse passer aucun indice !

Bienvenue dans le jeu !

Couverture (conception et réalisation) : Hung Ho Thanh
Conception graphique : Florence Le Maux
Illustrations (couverture et intérieur) : Philippe de la Fuente
Mise en page : Anoï
Édition : Adeline Pécout

Crédits © Shutterstock :
Escape Game 1 (bandeau) MSSA ; (panneau) Anoï (p. 6, 8, 10, 12, 14, 16)
Escape Game 2 (bandeau) Nsit, TotemArt, Malinovskaya Yulia ; (panneau) babysofja (p. 18, 20, 22, 24, 26, 28)
Escape Game 3 (bandeau) IhorZigor, Katsiaryna Pleshakova ; (panneau) Verbena (p. 30, 32, 34, 36, 38, 40)
Escape Game 4 (bandeau) Kapreski, andromina ; (panneau) milezaway (p. 42, 44, 46, 48, 50, 52)
Escape Game 5 (bandeau) Anoï, IhorZigor ; (panneau) yulianas (p. 54, 56, 58, 60, 62, 64)

I.S.B.N. : 978-2-01-714822-7

www.parascolaire.hachette-education.com

Achevé d'imprimer en mars 2022 en Espagne par Grafo
Dêpot légal : Avril 2022 - Édition 01 - 15/2501/3

SOMMAIRE

COURSE-POURSUITE EN EUROPE

Ton programme est bien chargé cet été. Entre les voyages chez tes correspondants et les vacances en famille, tu vas être bien occupé(e) ! Quelqu'un frappe à la porte…
C'est le facteur. Il a un courrier pour toi, c'est étrange ! Tu l'ouvres...

Qui veut te retrouver ? Pour t'emmener où ? Tu ne veux pas inquiéter tes parents, alors tu ranges l'enveloppe dans ton sac à dos.
Il est l'heure de partir pour Londres, tes parents t'accompagnent à la gare…

ESCAPE GAME 1

Enquête à Londres

ÉNIGME 1

CITY OF LONDON

Billy, ton correspondant, est venu te chercher à la gare de Londres. Vous prenez le métro pour aller chez lui. Sur le chemin, il t'explique que vous allez passer par autant de stations que le numéro de sa rue.

Trace votre trajet.

Indice

Les correspondances en orange comptent pour une station.

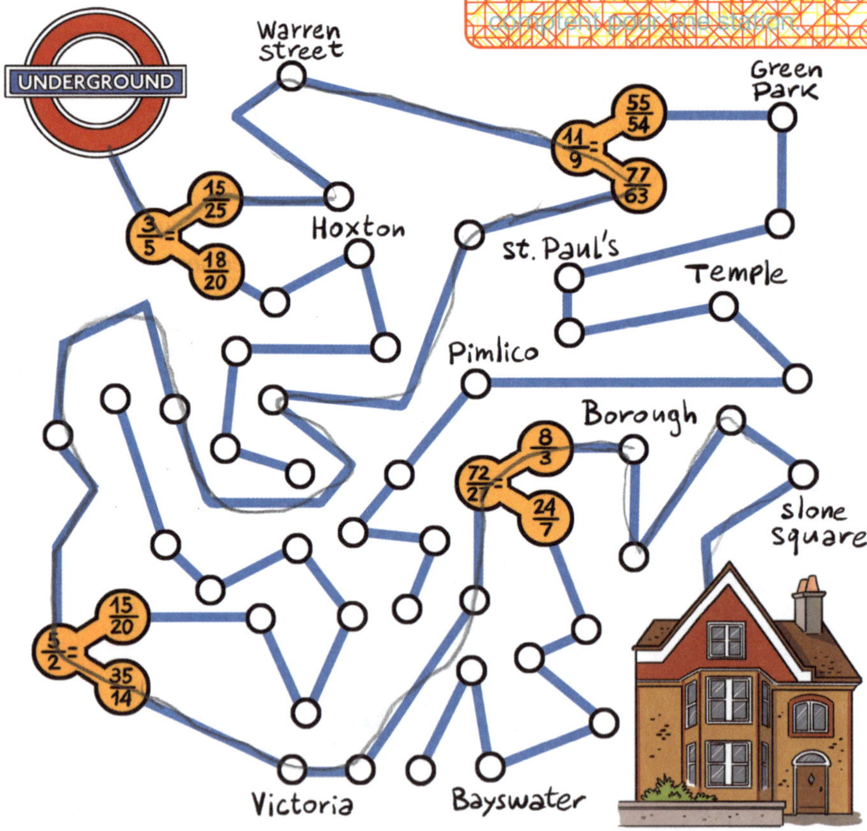

Réponse :

Billy habite au _____ Pudding street.

Vous êtes arrivés chez Billy. Dans le métro, tu lui as parlé de l'étrange courrier que tu as reçu. Tu lui montres le plan et les menaces qui l'accompagnent. Aussitôt, il semble avoir une idée.

Trouve ce que Billy veut dire.

Mon premier est un adjectif possessif.
Mon deuxième est le cri de la vache.
Mon troisième est une femme magique.
Mon quatrième fait la roue.
Mon cinquième est la troisième lettre de l'alphabet.
Mon sixième est un liquide transparent.
Mon septième est un adverbe de négation.
Mon huitième est un liquide blanc.
Mon neuvième est un chiffre pair.
Mon dixième est l'hippogriffe de Rubeus Hagrid.
Mon onzième est le mot « roi » en anglais.
Mon douzième est le mot « jambon » en anglais.
Mon tout est une piste intéressante...

Indice

L'hippogriffe s'appelle Buck.
Jambon se dit « ham » en anglais.

La phrase de Billy :

____

______________________________ .

Le nombre de mots dans la phrase de Billy est le chiffre mystère n° 1.

Mon chiffre mystère n° 1

....

ÉNIGME 2

CITY OF LONDON

Vous ne perdez pas de temps et Billy t'emmène aussitôt au Palais. En arrivant sur les lieux, vous vous retrouvez face à une statue construite en l'honneur d'une reine. Tu t'approches pour lire ce qui est gravé dans la pierre, mais c'est illisible alors tu ouvres ton guide touristique...

Trouve l'inscription qui est au pied de la statue.

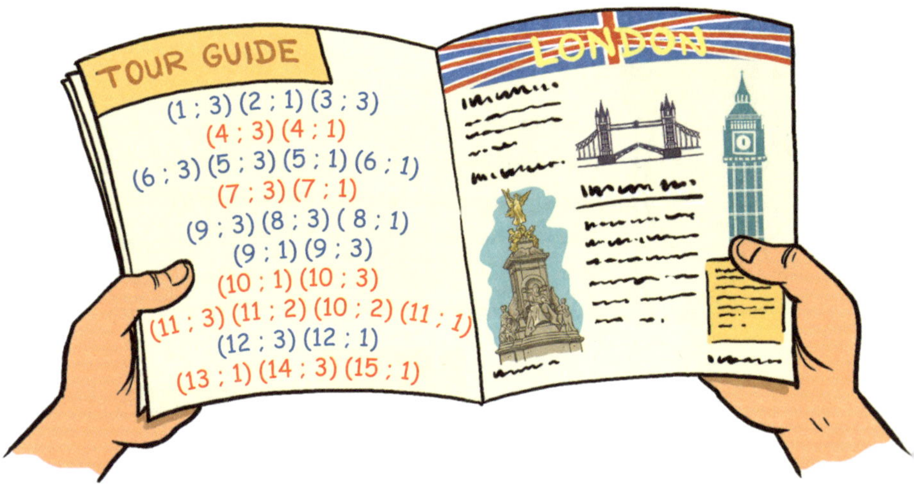

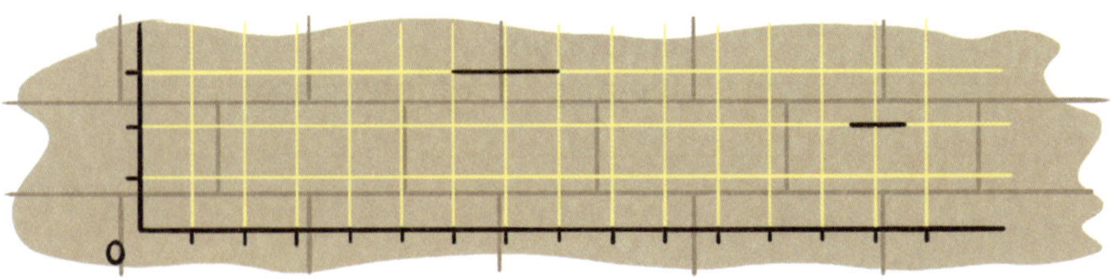

Indice

Indique les abscisses et les ordonnées et relie chaque groupe de points.

L'inscription est :

_ _ _ _ _ _ _ _ _ _

C'est son prénom ! En contournant le mémorial, tu découvres les portes du Palais. Waouh ! Les grilles sont impressionnantes !

Trouve le nombre de différences entre les deux armoiries.

Réponse :

Il y a _____ différences.

Indice

Il y a plus de 4 différences.

Le nombre de lettres pour écrire le nombre que tu as trouvé est le chiffre mystère n° 2.

Mon chiffre mystère n° 2

....

ÉNIGME 3

CITY OF LONDON

La grille est fermée ! Billy t'explique qu'il est interdit d'entrer dans la cour mais… le garde vient de quitter son poste et tu vois que les clefs sont posées dans sa guérite. Discrètement, tu tends le bras…

Prends les clefs, une à une, sans faire de bruit.

L'ordre des clefs :

_ _ _ _ _ _ _ _ _

Indice

Prends la clef de la grille en dernier.

Billy n'en revient pas, vous avez réussi à entrer dans la cour. Tu entends du bruit derrière toi… Oh, non ! Les gardes vous ont vus ! Vite, cachez-vous dans le parc !

Repère les buissons, cachez-vous et écoutez les gardes.

	1	0	4	1	3	0
1	M	U	I	G	D	A
0	T	R	O	L	I	P
4	L	N	S	S	O	E
0	E	R	S	T	F	C
2	A	T	N	U	T	N
2	G	E	L	E	A	R

Place ces éléments :

Toi (1 case) – **Buisson** (2 cases) – **Haie** (3 cases)

Billy (1 case) – **Buisson** (2 cases) – **Case vide** (1 case)

Indice

4 = 4 cases occupées dans la ligne/colonne. Aucun élément ne peut se toucher !

Les gardes disent :

_ _ _ _ _ _ _ _ _ _ !

Le nombre de cases vides qui vous séparent en diagonale est le chiffre mystère n° 3.

Mon chiffre mystère n° 3

…………..

ÉNIGME 4

CITY OF LONDON

Billy a très bien compris ce que les gardes ont dit et il n'est pas tranquille...

Découvre le conseil de Billy.

Billy dit :

____

____

Indice

Il y a les liaisons.

Ouf ! Sauvés ! Pourtant tu as l'impression
qu'une voiture vous suit.
Tu regardes dans le rétroviseur et…
il te semble lire un message.

Trouve le message.

Le message est :

_ _ _ _ _ _ _ _.

Indice

Un chiffre peut ressembler à une lettre !

Le quotient du numéro de la plaque par le numéro de rue où habite Billy est le chiffre mystère n° 4.

Mon chiffre mystère n° 4

....

ÉNIGME 5

CITY OF LONDON

Vous êtes de retour au 17 Pudding street. Tu n'as rien trouvé sous le siège du taxi, par contre Billy découvre une enveloppe sous le siège de son bureau, il ouvre le premier message.

Trouve le mot qui correspond à ce logogriphe.

Indice

Dans un logogriphe une lettre s'appelle un « pied ». La première lettre d'un mot s'appelle la « tête ». La dernière lettre s'appelle la « queue ».

Réponse :

_ _ _ _ _ _

Que vient faire cet indice dans ton affaire ? Quel est le lien avec le plan que tu as reçu chez toi ? Billy regarde dans l'enveloppe et sort une seconde feuille...

Trouve le mot mystère.

Indice

Complète la dernière question avec la réponse que tu viens de trouver.

Le mot mystère :

_ _ _ _ IN

Le nombre de consonnes dans le mot que tu as trouvé + 3 est le chiffre mystère n° 5

Mon chiffre mystère n° 5

....

DÉCOUVRE LE SECRET

CITY OF LONDON

Quel étonnant hasard ! Billy doit justement rejoindre sa cousine irlandaise et ses parents ont prévu que tu l'accompagnes. Vous préparez vos affaires pour partir dès demain matin, mais avant de fermer ton sac et d'aller te coucher, tu rassembles tes indices...

Reporte dans le tableau les chiffres mystère que tu as découverts.

Chiffre mystère de l'énigme...				
1	2	3	4	5
....	....	....	....	....

Entoure, pour chaque énigme, la lettre correspondant au chiffre mystère.

Chiffre mystère	1	2	3	4	5	6	7	8	9
Énigme 1	A	K	H	U	V	F	S	I	O
Énigme 2	P	L	N	L	C	S	Z	T	U
Énigme 3	L	S	Q	I	U	Y	R	B	C
Énigme 4	N	X	E	O	M	H	T	R	S
Énigme 5	I	O	N	V	E	T	S	I	G

Écris les lettres que tu as entourées et reporte-les dans l'Escape Game final.

Lettres du secret : Escape Game 1

_ _ _ _ _

Le soir, dans ton lit, tu repenses à cette journée éprouvante : les gardes de la reine qui essaient de vous attraper et surtout, cette voiture qui vous a suivis ! Et si c'était un chef de bande qui cherche à récupérer le plan ? Ce courrier n'était peut-être pas pour toi…

ESCAPE GAME 2

Frayeur à Dublin

ÉNIGME 6

Billy a tout raconté à sa cousine Shana qui a justement une étrange nouvelle à vous annoncer… Un paquet a été livré chez elle. Elle l'a ouvert, il contenait un livre qu'elle a caché dans son grenier.

Décode sa phrase.

La phrase de Shana :

____

____

____

Indice

Recule chaque lettre de 3 places. G devient D.

Incroyable ! Mais tu n'es pas au bout de tes surprises, Shana t'annonce que ce paquet est arrivé chez elle à ton nom ! Les personnes qui te recherchent savent donc où tu es ! Shana te tend le livre ouvert...

Trouve tous les noms.

Indice

N'oublie pas les noms propres !

Réponse :

____

____

____

Le nombre de noms que tu as trouvés est le chiffre mystère n° 6.

Mon chiffre mystère n° 6

....

ÉNIGME 7

Qui est Bram Stoker ? Peut-être un ancêtre de celui qui t'a envoyé les paquets ? Shana vous guide jusqu'au Trinity College dont la bibliothèque rassemble sept millions de livres et manuscrits !
Tu ouvres le livre pour en savoir un peu plus.

Fais les bons calculs pour prendre la bonne allée.

Indice

Le quotient de ta division t'indiquera la bonne allée.

Réponse :

Il faut prendre l'allée n° __ .

Discrètement, vous vous faufilez dans l'allée que vous avez trouvée. Shana consulte son ouvrage...

Choisis le titre intrus.

Indice

Un des verbes ne peut pas se mettre à la voix pronominale.

Le titre du livre :

____

Le nombre de lettres du dernier mot est ton chiffre mystère n° 7.

Mon chiffre mystère n° 7

....

ÉNIGME 8

En basculant le livre pour le prendre, la bibliothèque se dérobe et dévoile un passage secret. Vous vous dépêchez d'y entrer avant qu'il se referme. Deux couloirs se présentent à vous...

Tourne la manivelle pour savoir quel couloir emprunter.

Le couloir à prendre :

____

Indice

Lorsqu'une roue tourne dans un sens, la suivante tourne dans l'autre sens sauf quand il y a une sangle.

Au bout du couloir vous trouvez un tableau posé sur le sol.
Vous lisez les inscriptions.

Trouve le nom mystère.

Indice

Place les lettres d'or dans le bon ordre pour écrire le nom d'un personnage assoiffé de sang.

Le nom mystère :

_ _ _ _ _ _ _ _

La place de la quatrième lettre de ce nom dans l'ordre alphabétique est le chiffre mystère n° 8.

Mon chiffre mystère n° 8

....

ÉNIGME 9

Cette histoire devient angoissante…
Des bruits de pas se font entendre derrière vous.
Pris de panique, vous courez dans les couloirs.

Trouve le conseil gravé sur les murs.

Indice

Note uniquement les lettres des couloirs que vous avez empruntés.

Le conseil :

____

____

Une tapisserie ! C'est parfait, vous vous cachez derrière et vous découvrez… des graffitis.

Trouve la valeur de chaque x de couleur.

Indice

Relie les valeurs de x dans l'ordre croissant.

La valeur du x en bleu est le chiffre mystère n° 9.

Mon chiffre mystère n° 9

…………….

ÉNIGME 10

Quelle horreur ! Vous entendez les pas s'approcher, une voix résonne dans les couloirs.

Décode la phrase.

Indice

Superpose le texte des deux bulles.

La phrase qui résonne :

Tu n'en crois pas tes yeux ! Ça recommence !
Emma te dit de retourner la lettre, elle a remarqué d'autres séries de chiffres au dos de la feuille… Tu reconnais des coordonnées GPS.
Tu fais une recherche mais la connexion n'est pas très bonne et l'écran affiche un texte crypté.

Décrypte l'information.

Indice

Un symbole représente toujours une même voyelle.

L'information :

____

____

Le nombre d'adjectifs qualificatifs de la phrase est le chiffre mystère n° 11.

Mon chiffre mystère n° 11

....

ENIGME 12

De quelle île s'agit-il ? Vous sortez les autres documents de l'enveloppe. Il y a une carte et… l'alphabet Morse international. En voyant le plan, Emma fait un bond ! Dans la précipitation, ses mots se bousculent...

Reformule la phrase d'Emma.

Indice

As-tu remarqué la place de la majuscule ?

La phrase d'Emma :

____

____

Parfait ! Maintenant vous savez où vous devez aller, mais Emma a peur de se perdre. Elle te suggère d'entrer les coordonnées GPS sur son smartphone pour respecter les indications à la lettre.

Suis le chemin.

Direction :

____

Les trois-quarts du nombre de lettres du dernier mot de ta réponse est le chiffre mystère n° 12.

Mon chiffre mystère n° 12

....

ENIGME 13

Pour essayer de trouver des informations sur le lieu où vous vous trouvez, tu ouvres la plaquette que tes parents ont récupérée à l'office de tourisme, mais c'est incompréhensible… Tu montres le document à Emma pour qu'elle t'aide.

Trouve le mot qui a été rayé.

Indice

Entoure les lettres qui sont à la même place sur les deux séries.

Le nom du pont :

_ _ _ _ _ _ _ _ _ **BRUCKE.**

Il y aurait donc bien un trésor à trouver grâce à ces mystérieux courriers. Soit les bandits veulent récupérer le bijou, soit ils espèrent que tu le voles pour eux ! Tu deviendrais leur complice ! Vous ne restez pas plus longtemps sur ce pont, peut-être qu'ils vous surveillent...

Trouve le code pour prendre la bonne direction.

Indice
1 = A, 2 = B...

La direction :

Vous allez au

_ _ _ _ _   _ _   _ _ _ _ _ .

Le nombre de mots que tu as écrits, mis au carré, est le chiffre mystère n° 13.

Mon chiffre mystère n° 13

....

ENIGME 14

Dans le hall du musée, tu te souviens du message « Regarde autour de toi. ». Au même moment, des points lumineux apparaissent au pied de la statue équestre. Emma prend aussitôt une photo ! D'où viennent ces signaux ? Vous levez la tête et vous avez juste le temps d'apercevoir deux silhouettes qui s'enfuient.

Trouve la date cachée sous les points lumineux.

Indice

Observe bien toute la scène.

La date :

_ _ _ _ .

Cette date ne vous aide pas beaucoup. En y regardant de plus près, vous trouvez des petits bouts de papier coincés derrière la plaque. C'est une photo découpée…

Range les bandes dans le bon ordre pour trouver le mot.

1 5 0 3 7 7

Indice

Mets-toi à la place d'Emma pour lire le mot.

Le nombre et le mot mystère :

_ .

Le nombre mystère divisé par 142 741 est le chiffre mystère.

Mon chiffre mystère n° 14

……………

ENIGME 15

Le soir, en rentrant du musée, tu commences une recherche sur internet pour trouver un lien entre tous ces indices. Tu entends du bruit à l'extérieur. Par la fenêtre, tu vois des signaux de lumière…

Décode le message.

Le message :

_ ' _ _ _   _ _ _

_ _   _ _ _ !

Indice

C'est du morse !

Tu te précipites à l'extérieur, mais l'inconnu a disparu. Apparemment, il t'a laissé volontairement une information sur le sol…

Corrige ce calcul.

Indice

Déplace deux bâtons.

Le calcul :

______________________________.

La moitié de la somme que tu as trouvée est le chiffre mystère n° 15.

Mon chiffre mystère n° 15

....

DÉCOUVRE LE SECRET

Ce n'est pas toi le roi ! Pourquoi t'envoient-ils tous ces messages ? Est-ce que la carte indique la place d'un trésor royal ? Tout cela n'est pas pour te rassurer.

Reporte dans le tableau les chiffres mystère que tu as découverts.

Chiffre mystère de l'énigme...				
11	12	13	14	15
....	....	....	....	....

Entoure, pour chaque énigme, la lettre correspondant au chiffre mystère.

Chiffre mystère	1	2	3	4	5	6	7	8	9
Énigme 11	P	B	A	I	L	O	P	S	T
Énigme 12	R	U	L	S	B	U	E	L	I
Énigme 13	C	B	I	M	G	F	S	W	A
Énigme 14	N	J	U	R	N	D	Q	Z	R
Énigme 15	P	I	S	A	U	E	D	F	U

Écris les lettres que tu as entourées et reporte-les dans l'Escape Game final.

Lettres du secret :
Escape Game 3

_ _ _ _ _

Maintenant, tu sais qu'ils te suivent où que tu ailles. Demain tu pars avec tes parents rejoindre de la famille à Rome. Quand tu vas tout raconter à tes cousins, ils ne vont jamais te croire !

ESCAPE GAME 4

Peur bleue à Rome

ÉNIGME 16

Tu as tout expliqué à tes cousins Luca et Matteo. Pour te remettre de tes émotions, ils te proposent un livre qui te changera les idées.

Découvre le titre du livre et son auteur.

Le titre :

____

____

L'auteur :

____

____

Indice

Une sur deux suffit.

Confortablement installé dans ton lit, tu ouvres le livre là où se trouve un marque-page que tu mets dans ta poche… C'est étrange, la page d'ouverture du chapitre a été annotée.

Trouve le titre de ce chapitre.

Le chapitre :

____

____

Indice

Élimine les lettres sur les trajectoires.

50 % du nombre de consonnes de ta réponse est le chiffre mystère n° 16.

Mon chiffre mystère n° 16

…………

ÉNIGME 17

Le lendemain matin, tu racontes à Luca et Matteo ce que tu as appris dans le livre sur ces catacombes : « C'est un repaire secret de bandits » ! Tu n'imaginais pas que cette nouvelle pourrait autant les enthousiasmer…

Décode leurs phrases.

Phrase 1 :

____

_______________________________ .

Phrase 2 :

____

_______________________________ .

Indice

Remets de l'ordre dans chaque mot.

Tu n'es pas rassuré à l'idée d'aller dans ce cimetière pour y croiser peut-être « tes » bandits, mais tu suis tes cousins sur la Via Appia Antica. Matteo et Luca, eux, sont ravis de vivre l'aventure. Sur les pavés, vous remarquez des lettres...

Décode le message.

Le message :

____

______________________________ .

Indice

Reproduis le tracé sur les lettres.

La lettre qui correspond à la place du point vert ressemble à un chiffre romain. C'est le chiffre mystère n°17.

Mon chiffre mystère n° 17

....

ÉNIGME 18

Les catacombes sont fermées le dimanche, mais le voisin n'a pas hésité à vous ouvrir la grille pour que vous puissiez les visiter… seuls. Face à l'escalier, vous hésitez sur le chemin à prendre pour rejoindre les galeries.

Complète les comparaisons en utilisant les signes <, =, ou > et trouve le seul signe à suivre pour avancer.

	+5 ... 3	+0,5 ... −0,5	−18 ... −14	−15 ... −11
−18 ... −14	−5,1 ... −5,10	−5,9 ... −9,5	−1,5 ... +1,5	−8,1 ... 13,6
+2,5 ... −1	−0,8 ... −1	6,1 ... −0,8	−9 ... −7,5	−7,5 ... −3
+15 ... −1	−6 ... −4	−13 ... −8,2	−8,2 ... +7	−7 ... −2
15,3 ... +6	4,1 ... +1,4	0 ... −0,8	−7 ... −7,3	1,7 ... −2
−6 ... −1,8	−5 ... −0,5	−2 ... −1,9	−50 ... −5	

Indice

Un nombre positif peut s'écrire sans le signe +.

Le signe à suivre : ______________________ .

Cet endroit te glace le sang alors que Luca a l'air très à l'aise. Il essaie de lire un nom écrit sous une des niches qui sert de tombe. C'est le nom du corps qui se trouve enterré là… Matteo, lui, remarque quelque chose de bien plus surprenant !

Trouve la réponse à ce message.

Indice

Tu cherches deux lettres.

La réponse :

______________________ .

La place, dans l'ordre alphabétique, de la première lettre que tu as trouvée est le chiffre mystère n° 18.

Mon chiffre mystère n° 18

....

ÉNIGME 19

Alors que tu t'interroges sur le sens de ces messages, d'abord sur la Via Appia, maintenant dans ces couloirs… tes cousins s'arrêtent net devant les morceaux d'une fresque !

Dessine le motif de la fresque.

(+35)+(+11)=	(-6)+(-4)=	(-9)+(+12)=
(-9)+(+2)=	-3,5-(+2,1)=	(-1,6)+(+1,6)=
-7-(-2)=	+2,5-(-3)=	-1-(-3)=

Indice

Dessine dans les cases avec un calcul ce qui correspond au résultat.

Le dessin : ______________________ .

Est-ce qu'il s'agit d'une menace ? Tu commences à angoisser, même tes cousins ne sont plus très motivés pour rester ici. Sur le chemin qui mène à la sortie, tu te rends compte que tu marches sur un message… Ça y est, tu as compris, ces lettres complètent le marque-page qui était dans ton livre !

Reconstitue le mot complet.

Le mot :

_ _ _ _ _ _ _ .

Indice

N'oublie pas les indices des pages 45 et 47.

Le nombre de villes dignes de Rome est le chiffre mystère n° 19.

Mon chiffre mystère n° 19

....

ÉNIGME 20

Ouf ! Enfin sortis ! Cette histoire sur Paris où tu vas finir tes vacances et le mot sur le marque-page ne sont pas pour te rassurer. Luca et Matteo t'invitent à manger une bonne glace italienne, rien de tel pour reprendre des forces !

Trouve les parfums proposés et celui préféré de Luca.

Indice

La couleur du parfum n° 2 est blanc-crème.

Le parfum :

________________________ .

Tu n'en crois pas tes yeux ! Il y a un message sur la serviette en papier qui entoure ton cornet de glace.

Déchiffre le mot manquant.

Indice
Suis les lignes.

Le mot manquant :

_________________________ .

Le tiers du numéro de l'énigme où tu as lu ce mot pour la première fois est le chiffre mystère n° 20.

Mon chiffre mystère n° 20

....

DÉCOUVRE LE SECRET

Cette histoire ne s'arrêtera donc jamais ! Quand sauras-tu qui sont ces gens à ta recherche ? Toi qui avais peur de t'ennuyer pendant tes vacances ! Heureusement tes cousins te soutiennent et te souhaitent bonne chance pour la suite de ton périple...

Reporte dans le tableau les chiffres mystère que tu as découverts.

Chiffre mystère de l'énigme...				
16	17	18	19	20
....	....	....	....	....

Entoure, pour chaque énigme, la lettre correspondant au chiffre mystère.

Chiffre mystère	1	2	3	4	5	6	7	8	9
Énigme 16	O	P	H	B	E	L	M	U	P
Énigme 17	B	F	O	D	C	K	H	S	U
Énigme 18	O	Z	F	T	U	N	C	V	H
Énigme 19	A	H	B	C	R	S	F	U	I
Énigme 20	N	O	U	E	S	T	I	J	X

Écris les lettres que tu as entourées et reporte-les dans l'Escape Game final.

Lettres du secret : Escape Game 4

_ _ _ _ _

De la chance ? Tu espères bien en avoir un peu plus chez ta correspondante espagnole.
Demain, tes parents te déposent à l'aéroport, direction Madrid...

ESCAPE GAME 5

Suspense à Madrid

ÉNIGME 21

Ta correspondante est venue te chercher à l'aéroport, elle a l'air très sympa ! Julia a tout prévu pour te faire découvrir Madrid. En chemin, tu en profites pour lui raconter ton périple.

Découvre où elle t'emmène.

Indice

Chaque nombre correspond à une lettre dans l'ordre alphabétique.

Lieu que tu vas visiter :

____

______________________________ .

Julia adore le foot ! Après avoir fait le tour du terrain, elle t'emmène dans la salle de presse. Sur l'écran géant, tu découvres un message.

Décode le message.

Le message :

____

______________________________ .

Indice

5 % correspond à la moitié de 10 %.

Le nombre que tu as trouvé est le chiffre mystère n° 21.

Mon chiffre mystère n° 21

....

ÉNIGME 22

Ce n'est pas croyable ! Pendant toutes tes vacances ils auront été derrière toi… Enfin, devant toi ! Tu ne sais pas à quoi correspond ce numéro mais vous profitez d'entrer dans la salle interactive pour faire une recherche.

Décode l'information.

Indice

Commence par la pastille avec la lettre L.

L'information :

____

______________________ !

Décidément, encore une histoire de roi !
Ta lettre révèle certainement des informations sur un trésor royal ! Julia t'entraîne dans les vestiaires où vous retrouvez le numéro 9 ! Alors que les visiteurs s'éloignent, elle ouvre la porte du placard et trouve deux papiers.

Découvre le dessin.

Indice

Relie les écritures décimales dans l'ordre croissant.
Pour écrire son nom, compte ses « dents ».

L'arme est un :

_ _ _ _ _ _ _ _ _ .

Le nombre de dents de l'arme que tu as dessinée est le chiffre mystère n° 22.

Mon chiffre mystère n° 22

....

ÉNIGME 23

Toute la nuit tu as repensé à cette arme que tu dois chercher. Est-ce qu'elle est en or ? C'est ça le trésor que tu dois trouver avec les indices que tu reçois ?
Aujourd'hui, Julia t'emmène au musée du Prado. Elle demande sa direction…

Trouve le passant qui donne la bonne direction. Tu as presque l'impression qu'il vous donne un ordre…

Indice

C'est celui qui parle au présent de l'impératif.

La bonne direction :

____

____________________________ .

Stop ! Sur le chemin tu remarques une magnifique fontaine avec la même arme que sur ton dessin ! Mais oui, le personnage c'est Neptune, le dieu des Océans ! De sa main droite, il indique une direction. Vous regardez sur le sol et vous découvrez un message à moitié effacé par les traces de pas...

Tente de lire le message.

Indice

Fais confiance à ta mémoire visuelle.

Le message :

____

_______________________________________ .

Le nombre de fois où tu as lu le nom d'un mammifère marin est le chiffre mystère n° 23.

Mon chiffre mystère n° 23

....

ÉNIGME 24

Enfin un véritable indice. Tu sais maintenant que le chef de la bande se fait appeler Neptune. C'est son nom de code ! Par contre, tu ne sais pas qui se fait appeler le dauphin.
En entrant dans le musée du Prado, Julia prend un plan du musée, des flèches t'indiquent un parcours.

Trouve la salle où tu dois aller.

Indice

Imagine que tu marches dans le musée et suis la direction des flèches pour te déplacer de salle en salle.

La salle :

________ .

Vous avez trouvé la salle et vous demandez de l'aide au gardien. Il fronce les sourcils et vous montre le QR code sur votre plan...

Décode le message sur le panneau.

Indice

Pose le motif du plan sur les lettres.

Le message :

____

50 % du nombre de lettres est le chiffre mystère n° 24.

Mon chiffre mystère n° 24

....

ÉNIGME 25

Vous vous retournez et vous découvrez une fille ! Qui est-elle ? Julia scanne le QR code sur l'étiquette à côté du tableau, peut-être y trouverez-vous des précisions… Mais elle a un problème d'affichage sur son écran.

Décode la légende du tableau.

La légende :

____

____

____________________________ .

Indice

Trace les parties manquantes de chaque signe pour former le motif sous le tableau.

Tu as finalement trouvé le dauphin, mais tes vacances se terminent sans que tu aies trouvé de trésor. C'est décidé, demain tu raconteras tout à tes parents !
Après le musée, pour ta dernière soirée, Julia t'invite à manger des tapas. Tu remarques un petit détail sur le menu...

Trouve le message caché dans ce menu.

Indice
As-tu remarqué les lettres soulignées ?

La réponse :

_______________________________ .

Le nombre de lettres que tu as trouvées plus 3 et divisé par 4 est le chiffre mystère n° 25.

Mon chiffre mystère n° 25

....

DÉCOUVRE LE SECRET

Quoi ? Ce n'est pas terminé ! De toute façon, demain tu rentres en France et tu donneras la lettre et le plan à tes parents. Tu en as assez de savoir que des inconnus te surveillent même si malgré tout, tu dois bien l'avouer, c'était excitant cette vie d'espion...

Reporte dans le tableau les chiffres mystère que tu as découverts.

Chiffre mystère de l'énigme...				
21	22	23	24	25
....	....	....	....	....

Entoure, pour chaque énigme, la lettre correspondant au chiffre mystère.

Chiffre mystère	1	2	3	4	5	6	7	8	9
Énigme 21	B	E	A	U	C	O	R	I	V
Énigme 22	D	U	E	B	X	L	I	A	N
Énigme 23	P	R	O	L	A	B	U	R	S
Énigme 24	G	N	S	O	R	S	M	E	Y
Énigme 25	I	T	S	C	A	L	F	S	R

Écris les lettres que tu as entourées et reporte-les dans l'Escape Game final.

Lettres du secret :
Escape Game 5

_ _ _ _ _

Ça y est, l'été est fini, tu auras un tas de choses à raconter à tes amis ! Tu prends l'avion pour rejoindre tes parents qui t'attendent à l'aéroport de Paris...

ESCAPE GAME FINAL

Quelle joie de retrouver enfin tes parents ! Dès ton arrivée, vous avez sauté dans un taxi. C'est étonnant, le chauffeur ne vous a pas déposés chez vous. Tu ne veux pas attendre davantage, tu ouvres ton sac pour leur montrer la lettre et le plan... Tu vas tout leur expliquer.

Ils sourient et te tendent à leur tour une petite carte.

Escape Game 1

_ _ _ _ _

Escape Game 2

_ _ _ _ _

Escape Game 3

_ _ _ _ _

Escape Game 4

_ _ _ _ _

Escape Game 5

_ _ _ _ _

L'indice des escapes :

_ _ _ _   _ _   _ _ _ _ _ _ _

_ _   _ _ _ _ _ _ _ _ _ _.

Le mystère est résolu ! Ce sont eux qui ont organisé cet escape game grandeur nature, pour que tu vives une aventure palpitante. Toute ta famille, tes correspondants et leurs amis étaient complices… Maintenant en route pour le château du Roi Soleil !

SOLUTIONS

ÉNIGME 1

Page 6

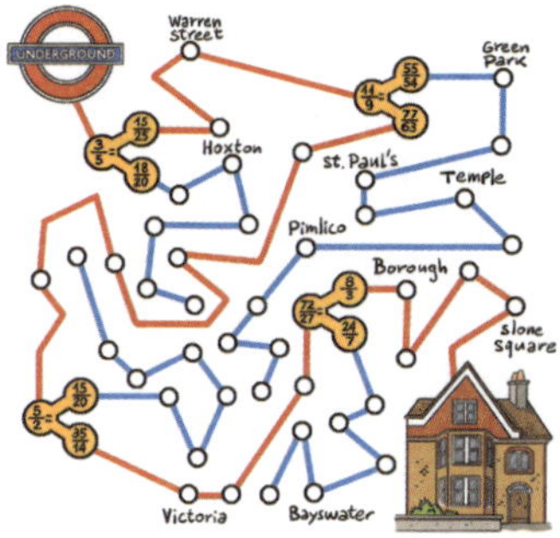

$\frac{3}{5} = \frac{15}{25}$

$\frac{11}{9} = \frac{77}{63}$

$\frac{5}{2} = \frac{35}{14}$

$\frac{72}{27} = \frac{8}{3}$

▶ **Réponse :** Billy habite au **17** Pudding street. (Il y a **17** stations)

Page 7

▶ **La phrase de Billy : Ça me fait penser au Palais de Buckingham.** (sa – meuh – fée – paon – C – eau – pas – lait – deux – Buck – king – ham)

▶ **Chiffre mystère n° 1 : 8** (il y a **8** mots dans la phrase)

ÉNIGME 2

Page 8

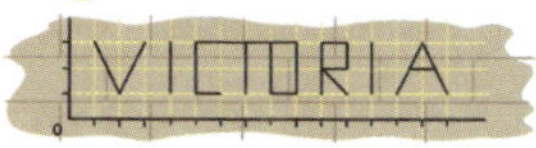

▶ **L'inscription est : VICTORIA**

Page 9

▶ **Réponse :** Il y a 5 différences.

▶ **Chiffre mystère n° 2 : 4**
(5 s'écrit avec **4** lettres : cinq)

ÉNIGME 3

Page 10

▶ **L'ordre des clefs : 7-5-3-1-4-8-2-6**

Page 11

	1	0	4	1	3	0
1	M	U	I	G	D	A
0	T	R	O	L	I	P
4	L	N	S	S	O	E
0	E	R	S	T	F	C
2	A	T	N	U	T	N
2	G	E	L	E	A	R

▶ **Les gardes disent : Ils sont là !**

▶ **Chiffre mystère n° 3 : 1** (il y a **une** seule case vide en diagonale entre les deux cases bleues)

ÉNIGME 4

Page 12

▶ **Billy dit : Il faut s'en aller, sautons dans un taxi !** (île / faux / sang / NA / lait / seau / thon / dent / Z' / 1 / tas / 'K / scie)

Page 13

▶ **Le message est : LE SIEGE** (LE51 EGE)

▶ **Chiffre mystère n° 4 : 3** (sur la plaque on lit le numéro **51**. 51 ÷ 17 = **3**)

ÉNIGME 5

Page 14

▶ **Réponse : TRÈFLE** (Trèfle s'écrit avec six lettres (pieds). Si on met la première lettre (tête) à la fin (queue) du mot, trèfle devient reflet. Si on enlève la première lettre (tête) et qu'on mélange les lettres restantes on obtient le mot frêle)

Page 15

▶

1. La rose est le symbole... :
   A – de l'Écosse.
   D – de l'Angleterre.
   F – du Pays de Galles.

2. Le chardon est le symbole... :
   I – de l'Angleterre.
   O – de l'Irlande.
   U – de l'Écosse.

3. Le poireau est le symbole... :
   B - du Pays de Galles.
   L - de l'Écosse.
   R - de l'Angleterre.

4. Le **TRÈFLE** est le symbole... :
   L - de l'Irlande.
   P - de l'Écosse.
   S - du Pays de Galles.

▶ **Le mot mystère : DUBL**IN

▶ **Chiffre mystère n° 5 : 7** (il y a **4** consonnes DBLN. 4 + 3 = **7**)

Découvre le secret

Page 16

Chiffre mystère de l'énigme...				
1	2	3	4	5
8	4	1	3	7

Énigme 1	A	K	H	U	V	F	S	(I)	O
Énigme 2	P	L	N	(L)	C	S	Z	T	U
Énigme 3	(L)	S	Q	I	U	Y	R	B	C
Énigme 4	N	X	(E)	O	M	H	T	R	S
Énigme 5	I	O	N	V	E	T	(S)	I	G

▶ **Lettres du secret : Escape Game 1 :** ILLES

ÉNIGME 6

Page 18

▶ **La phrase de Shana : Dans ce livre, ils parlent de passages secrets.**

Page 19

▶ **Réponse : Bram – Stoker - Trinity – College – fantôme - couloirs**

▶ **Chiffre mystère n° 6 : 6**

ÉNIGME 7

Page 20

Somme des colonnes de gauche : 12 + 13 + 14 + 15 = **54**
Somme des colonnes de droite : 3 + 4 + 5 + 6 = **18**
Division euclidienne : 54 ÷ 18 = **3**

▶ **Réponse : Il faut prendre l'allée n° 3**

Page 21

▶ **Le titre du livre : Dormir sur ses deux oreilles** (s'étonner, se croire, se promener, se laver, s'entendre sont des verbes qui existent à la voix pronominale. « Se dormir » n'existe pas).

▶ **Chiffre mystère n° 7 : 8** (oreilles = **8** lettres)

ÉNIGME 8

Page 22

▶ **Le couloir à prendre : droite**

Page 23

▶ **Le nom mystère : DRACULA**

▶ **Chiffre mystère n° 8 : 3** (la quatrième lettre est un **C**. C = **3**)

ÉNIGME 9

Page 24

▶ **Le conseil :**
Ne vous retournez pas !

Page 25

29 + 1 = 30
(34 ÷ 2) × 2 = 34
12 + 3 = 15
6 × 4 = 24
5 - 20 = - 15
(6 ÷ 3) × 4 = 8
13 - 7 = 6
10 × 8 = 80
8 - 9 = - 1

(100 ÷ 10) × 3 = 30
34 + 11 = 45
(12 ÷ 4) × 6 = 18
13 - 15 = - 2
14 + 34 = 48
5 - 15 = - 10
(32 ÷ 16) × 10 = 20
17 - 34 = - 17
18 × 2 = 36

21 + 19 = 40
17 + 20 = 37
50 - 21 = 29
34 + 22 = 56
23 + 12 = 35
8 - 24 = - 16
8 - 25 = - 17

▶ **Chiffre mystère n° 9 : 2**
((34 ÷ 2) × 2 = 34)

ÉNIGME 10

Page 26

▶ **La phrase qui résonne : Je suis le fantôme de Bram Stoker.**

Page 27

3	2	4	7	1	9	5	8	6
5	8	6	3	2	4	1	7	9
7	1	9	6	8	5	4	2	3
1	9	5	8	7	2	3	6	4
8	4	3	1	5	6	7	9	2
2	6	7	9	4	3	8	1	5
4	5	8	2	9	1	6	3	7
6	7	2	4	3	8	9	5	1
9	3	1	5	6	7	2	4	8

▶ **La case jaune : Il faut appuyer sur la pierre n° 3**

▶ **Chiffre mystère n° 10 : 9**
(3 × 3 = **9**)

Découvre le secret
Page 28

Chiffre mystère de l'énigme...				
6	7	8	9	10
6	8	3	2	9

Énigme 6	U	F	R	O	I	(E)	B	S	T
Énigme 7	L	G	E	S	V	I	Y	(A)	P
Énigme 8	A	L	(U)	G	Q	C	U	P	S
Énigme 9	C	(D)	L	J	N	E	I	C	X
Énigme 10	L	R	A	O	U	K	B	W	(E)

▶ **Lettres du secret : Escape Game 2 :** EAUDE

ÉNIGME 11

Page 30

815747 × 9 = **7 341 723**
234 465 - 35 768 = **198 697**
2 + 7 × 3 = **23**
8,65 ÷ 0,01 = **865**

▶ **Le message : Regarde autour de toi.**

Page 31

▶ **L'information :** Cette île est classée **au** patrimoine mondial de l'**UNESCO**.

▶ **Chiffre mystère n° 11 : 1** (mondial).

ÉNIGME 12

Page 32

▶ **La phrase d'Emma : C'est le plan de l'île aux musées, il y en a au moins cinq !**

Page 33

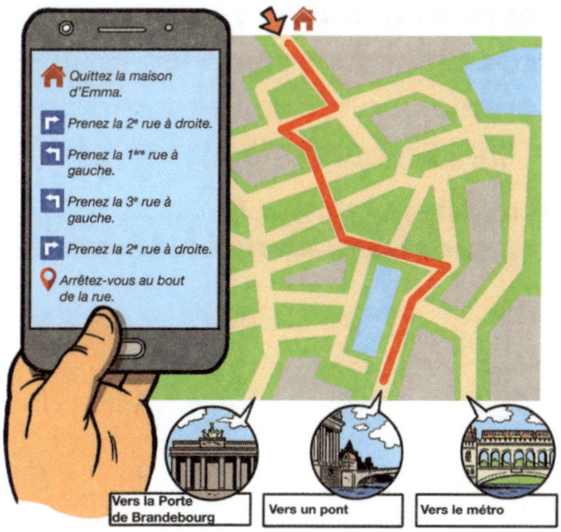

- **Direction : Un pont**
- **Chiffre mystère n° 12 : 3**

(pont = **4** lettres.
Les trois-quarts de 4 = **3**)

ÉNIGME 13

Page 34

M	U	S	E	**O**	E
G	R	A	**N**	**B**	E
S	**I**	T	**J**	U	E
N	**O**	**U**	V	E	A

M	E	D	A	**O**	I
O	B	J	**N**	**B**	T
V	**I**	S	**J**	I	T
C	**O**	**U**	M	M	E

- **Le nom du pont :**
MONBIJOU BRUCKE

Page 35

Les panneaux indiquent les directions suivantes :
RESTAURANT
CENTRE VILLE
MÉTRO
MUSÉE DE BODE

- **La direction :** Vous allez au **musée de Bode.**
- **Chiffre mystère n° 13 : 9** (3 mots. 3^2 = **9**).

ÉNIGME 14

Page 36

- **La date : 1643** (A = **1**. F = **6**. D = **4**. C = **3**).

Page 37

▶ **Le nombre et le mot mystère : 713705 SOLEIL** (il faut écrire les chiffres dans l'ordre de la photo et retourner le livre pour lire le mot mystère).

▶ **Chiffre mystère n° 14 : 5**
(713 705 ÷ 142 741 = **5**)

ÉNIGME 15

Page 38

▶ **Le message : C'est toi le roi !**

Page 39

▶ **Le calcul : X + I V = X I V** ou I X **+ V = X I V**

▶ **Chiffre mystère n° 15 : 7** (XIV = 14. 14 ÷ 2 = **7**)

Découvre le secret
Page 40

Chiffre mystère de l'énigme...				
11	12	13	14	15
1	3	9	5	7

Énigme 11	(P)	B	A	I	L	O	P	S	T
Énigme 12	R	U	(L)	S	B	U	E	L	I
Énigme 13	C	B	I	M	G	F	S	W	(A)
Énigme 14	N	J	U	R	(N)	D	Q	Z	R
Énigme 15	P	I	S	A	U	E	(D)	F	U

▶ **Lettres du secret : Escape Game 3 :** PLAND

ÉNIGME 16

Page 42

- **Le titre : C'est « Le comte de Monte-Cristo ».**
- **L'auteur : Alexandre Dumas est un auteur français.**

Page 43

- **Le chapitre : Les catacombes de San Sebastian**
- **Chiffre mystère n° 16 : 8** (Il y a 16 consonnes. 16 ÷ 2 = **8**)

ÉNIGME 17

Page 44

- **Phrase 1 : Ces catacombes sont à Rome ! Allons-y !**
- **Phrase 2 : Notre voisin est le gardien de ce cimetière souterrain.**

Page 45

- **Le message : La Ville Éternelle. (C'est un des surnoms de Rome).**
- **Chiffre mystère n° 17 : 5** (La lettre V ressemble au chiffre romain V. V = **5**)

ÉNIGME 18

Page 46

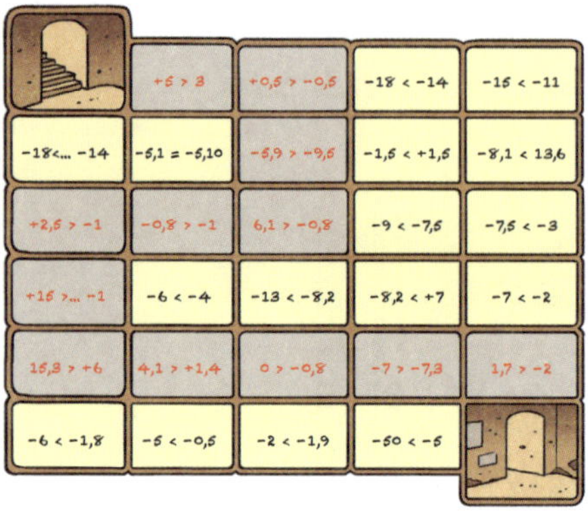

▶ **Le signe à suivre : >**

Page 47

▶ **La réponse : I et U** (les lettres I et U sont dans les prénoms Mar**iu**s et Clod**iu**s, mais ne sont pas dans le prénom Hermes)

▶ **Chiffre mystère n° 18 : 9** (la lettre « i » est la neuvième lettre de l'alphabet)

ÉNIGME 19

Page 48

(+35)+(+11)= +46	(-6)+(-4)= -10	(-9)+(+12)= +3
(-9)+(+2)= -7	-3,5-(+2,1)= -5,6	(-1,6)+(+1,6)= 0
-7-(-2)= -5	+2,5-(-3)= +5,5	-1-(-3)= +2

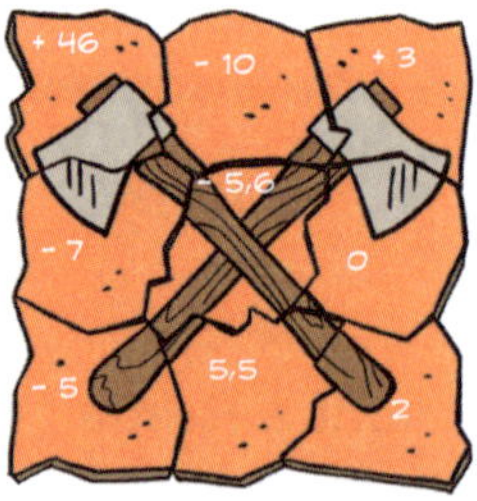

▶ **Le dessin : Deux haches**

Page 49

▶ **Le mot : POUVOIR** (le V vert de la Via Appia. Le I et le U rouges de la plaque funéraire. Les lettres P, O, O et R du message sur le sol sont marqués d'un trait jaune)

▶ **Chiffre mystère n° 19 : 1** (depuis 1956, Rome est jumelée uniquement avec Paris et Paris uniquement avec Rome)

ÉNIGME 20

Page 50

							1	C	A	F	É	
				2	V	A	N	I	L	L	E	
3	C	H	O	C	O	L	A	T				
						4	F	R	A	I	S	E
						5	P	O	I	R	E	
					6	M	A	N	G	U	E	

▶ **Le parfum : CITRON**

Page 51

▶ **Le mot manquant : GALERIE**

▶ **Chiffre mystère n° 20 : 6** (énigme 18. 18 ÷ 3 = **6**)

Découvre le secret
Page 52

Chiffre mystère de l'énigme...				
16	17	18	19	20
8	5	9	1	6

Énigme 16	O	P	H	B	E	L	M	(U)	P
Énigme 17	B	F	O	D	(C)	K	H	S	U
Énigme 18	O	Z	F	T	U	N	C	V	(H)
Énigme 19	(A)	H	B	C	R	S	F	U	I
Énigme 20	N	O	U	E	S	(T)	I	J	X

▶ **Lettres du secret : Escape Game 4 :** UCHAT

ÉNIGME 21

Page 54

▶ **Lieu que tu vas visiter : STADE SANTIAGO BERNABÉU**

Page 55

▶ **Le message : Derrière le 9** (dé – riz – R – L' - œufs – 9)
(10 % de 180 = 18. La moitié de 18 = 9)

▶ **Chiffre mystère n° 21 : 9**

ÉNIGME 22

Page 56

▶ **L'information : La coupe du roi !**

Page 57

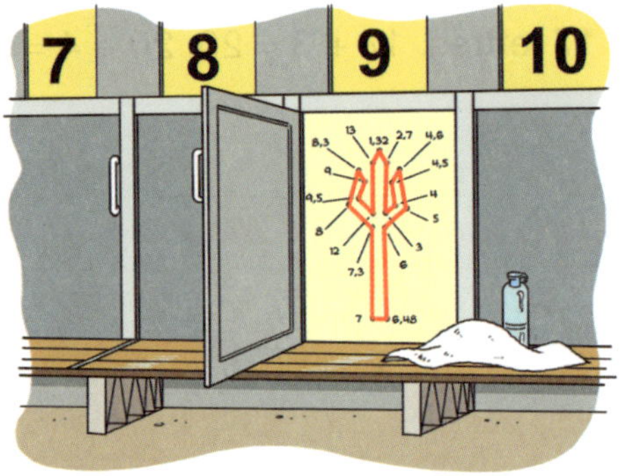

▶ **L'arme est un : TRIDENT**

▶ **Chiffre mystère n° 22 : 3**
(il y a trois dents sur le trident)

ÉNIGME 23

Page 58

▶ **La bonne direction : Prenez la première à droite.** C'est le seul verbe à l'impératif.

Page 59

▶ **Le message : Je suis Neptune. Tu me verras dans le parc du château où est né le dauphin. Trouve le dauphin.**

▶ **Chiffre mystère n° 23 : 2** (**Dauphin** est écrit **deux** fois)

ÉNIGME 24

Page 60

▶ **La salle : 10B**

Page 61

▶ **Le message : DERRIÈRE VOUS !**

▶ **Chiffre mystère n° 24 : 6**
(il y a 12 lettres. La moitié (50 %) de 12 est **6**)

ÉNIGME 25

Page 62

▶ **La légende : LOUIS XV, DAUPHIN DE FRANCE, NÉ À ...**

Page 63

▶ **La réponse : L'aventure continue...**

▶ **Chiffre mystère n° 25 : 5** (il y a **17** lettres. 17 + 3 = 20. 20 ÷ 4 = **5**)

Découvre le secret
Page 64

Chiffre mystère de l'énigme...				
21	22	23	24	25
9	3	2	6	5

Énigme 21	B	E	A	U	C	O	R	I	(V)
Énigme 22	D	U	(E)	B	X	L	I	A	N
Énigme 23	P	(R)	O	L	A	B	U	R	S
Énigme 24	G	N	S	O	R	(S)	M	E	Y
Énigme 25	I	T	S	C	(A)	L	F	S	R

▶ **Lettres du secret : Escape Game 5 :** VERSA

ESCAPE GAME FINAL

Page 66

▶ *Escape Game 1* **ILLES** — *Escape Game 2* **EAUDE** — *Escape Game 3* **PLAND** — *Escape Game 4* **UCHAT** — *Escape Game 5* **VERSA**

▶ **L'indice des escapes : PLAN DU CHÂTEAU DE VERSAILLES**

▶ **Le mot mystère de ta lettre mystérieuse (page 4) : On te retrouvera et on t'emmènera là-bas pour échapper à L'ENNUI !**

INFORMATIONS COMPLEMENTAIRES SUR CETTE AVENTURE

L'avais-tu remarqué ? Tout te ramenait au château de Versailles. En effet :

Page 7

▶ ***La phrase de Billy : Ça me fait penser au Palais de Buckingham.***

Le palais de Buckingham est la résidence officielle des souverains britanniques. De la même manière, le château de Versailles fut la résidence des rois de France Louis XIV, Louis XV et Louis XVI.

Page 31

▶ ***L'information : Cette île est classée au patrimoine mondial de l'UNESCO.***

L'ensemble du domaine du château de Versailles est également sur la liste du patrimoine mondial établie par l'UNESCO.

Page 36

▶ ***La date : 1643 (A = 1. F = 6. D = 4. C = 3).***

1643 est la date du début de règne de Louis XIV.

La statue équestre dans l'entrée du Musée de Bode est semblable à celle de Louis XIV du château de Versailles.

Page 37

▶ ***Le nombre et le mot mystère : 713705 SOLEIL***

La statue équestre est celle du roi de France Louis XIV, dit « le Grand » ou « le Roi-Soleil ».

Page 39

▶ ***Le calcul : X + I V = X I V ou I X + V = X I V***

Le roi de France Louis XIV est né le 5 septembre 1638 et est mort le 1er septembre 1715 au château de Versailles.

À partir de 1682, Louis XIV dirige son royaume depuis le château de Versailles.

Page 51

▶ ***Le mot manquant : GALERIE***

Au premier étage du château de Versailles se trouve la galerie des Glaces parée de 357 miroirs.

Page 59

▶ ***Le message : Je suis Neptune. Tu me verras dans le parc du château où est né le dauphin. Trouve le dauphin.***

Dans le parc du château de Versailles, se trouve le bassin de Neptune.

Page 62

▶ ***La légende : LOUIS XV, DAUPHIN DE FRANCE, NÉ À ...***

Louis XV est né et décédé au château de Versailles.

Le titre de dauphin était attribué dès sa naissance au fils aîné du roi de France régnant.

Gemüse

DORLING KINDERSLEY

INHALT

Salate

Grünes Gemüse und Hähnchenfleisch

500 g Hähnchenbrustfilet
Saft von ½ Limette
4 Kaffirlimettenblätter, in Streifen geschnitten
½ Zwiebel, geschält
6 schwarze Pfefferkörner
150 g grüner Spargel
150 g Dicke-Bohnen-Kerne (tiefgefrorene aufgetaut)
200 g Prinzessbohnen

Dressing
1 EL Olivenöl
2 EL Zitronensaft
2 EL gehackte Estragonblätter

Einen großen Topf zur Hälfte mit Wasser füllen. Hähnchenfleisch, Limettensaft, Limettenblätter, Zwiebel und Pfefferkörner hineingeben. Die Flüssigkeit aufkochen, dann bei schwacher Hitze 3 Minuten köcheln lassen. Den Topf vom Herd nehmen und das Fleisch in der Brühe abkühlen lassen – dabei gart es noch nach.

Inzwischen die Zutaten für das Dressing sowie Salz und Pfeffer aus der Mühle in einer Schüssel verrühren; beiseitestellen.

Von den Spargelstangen die holzigen Enden abschneiden. In einem zweiten Topf Wasser aufkochen lassen; 1 Prise Salz hinzufügen. Bohnenkerne hineingeben, nach 1 Minute die grünen Bohnen und nach 1 weiteren Minute den Spargel. Alles noch 1 Minute im leicht kochenden Wasser garen. Abgießen, mit kaltem Wasser abschrecken und abtropfen lassen.

Spargelstangen längs in Streifen schneiden. Mit den grünen Bohnen in eine Schüssel geben. Bohnenkerne enthülsen; in die Schüssel geben.

Fleisch aus der Brühe nehmen und in dünne Scheiben schneiden. Mit dem Dressing in die Schüssel geben. Salat mischen. Sofort servieren.

Für 4 Personen

Süßkartoffelsalat mit Spinat und Orangen-Sesam-Dressing

1 Pittabrot
3 EL Olivenöl
500 g orange Süßkartoffeln, ungeschält in 1 cm dicke Scheiben geschnitten
1 kleine Orange
150 g Blattspinat

Dressing
3 EL Olivenöl
1 TL Sesamöl
2 EL Orangensaft
1 TL Zitronensaft
1 TL abgeriebene unbehandelte Orangenschale
1 Knoblauchzehe, zerdrückt
2 TL Dijonsenf

Den Backofengrill auf höchste Stufe vorheizen. Das Pittabrot quer halbieren, sodass zwei dünne Scheiben entstehen. Diese rundum mit etwas Olivenöl bestreichen, dann grillen, bis sie knusprig und leicht gebräunt sind. Beiseitelegen.

Die Süßkartoffelscheiben mit dem restlichen Öl mischen. 8–10 Minuten grillen, bis sie weich und auf allen Seiten gebräunt sind. Die Scheiben in eine Salatschüssel geben. Die Orange so dick schälen, dass die weiße Haut mit entfernt wird. Die Orange über eine Schüssel halten und die Segmente mit einem scharfen Messer zwischen den Trennwänden herausschneiden. Zu den Süßkartoffelscheiben geben; Spinat ebenfalls hinzufügen. Brotscheiben in Stückchen brechen und unter den Salat mischen.

Die Zutaten für das Dressing mit einem Schneebesen verrühren. Mit Salz und schwarzem Pfeffer aus der Mühle abschmecken. Kurz vor dem Servieren auf den Salat gießen.

Warmer Gemüsesalat mit Linsen

650 g kleine Kartoffeln, gebürstet und halbiert
650 g Süßkartoffeln, geschält und in 3 cm große Würfel geschnitten
12 Schalotten, geschält
350 g junge Möhren, gebürstet
1 großer Blumenkohl (etwa 900 g), in Röschen zerteilt
80 ml Olivenöl
4 Scheiben Bacon ohne Schwarte (etwa 160 g), fein gewürfelt
1 Dose Linsen (400 g), abgespült und abgetropft
100 g junger Blattspinat

Dressing
125 ml Hühnerbrühe
125 ml Sahne
1½ EL Weißwein
25 g Blauschimmelkäse, zerbröselt
25 g Parmesan, gerieben
125 g kalte Butter, fein gewürfelt

Den Backofen auf 200 °C vorheizen. Zwei Backbleche fetten und mit Backpapier auslegen. Kartoffelhälften und Süßkartoffelwürfel in einer Schicht auf einem Blech verteilen. Auf das andere Blech Schalotten, Möhren und Blumenkohl geben. Jeweils mit 1½ EL Öl beträufeln und gut mischen. Mit Salz und Pfeffer würzen. 40–50 Minuten goldbraun backen. Gegarte Gemüsestücke vom Blech nehmen, weil die Garzeiten je nach Sorte variieren können. 10 Minuten abkühlen lassen.

Inzwischen das restliche Öl bei mittlerer Temperatur in einer beschichteten Pfanne erhitzen. Den Speck 6–7 Minuten goldbraun anbraten. Auf Küchenpapier abtropfen lassen, dann in eine große Schüssel geben. Linsen, Spinat und gebackenes Gemüse zugeben und behutsam mischen. Warm halten.

Für das Dressing Brühe, Sahne und Wein in einem Topf zum Kochen bringen, dann bei mittlerer Temperatur auf die Hälfte einkochen lassen. Auf niedrige Temperatur umschalten, beide Käsesorten zugeben und unterrühren. Die Butterflöckchen portionsweise zugeben und unter ständigem Rühren schmelzen lassen. Abschmecken, vom Herd nehmen und abkühlen lassen. Die zimmerwarme Sauce über den Salat träufeln und vorsichtig mischen.

Für 4–6 Personen

Mexikanischer Salat

250 g getrocknete Schwarzaugenbohnen (Asialaden)
250 g getrocknete rote Kidneybohnen
500 g Süßkartoffeln
1 große rote Zwiebel, gewürfelt
1 große grüne Paprikaschote, gewürfelt
3 reife Tomaten, gewürfelt
2 kleine Handvoll gehacktes frisches Basilikum
3 Weizenmehltortillas
1 EL Öl
2 EL geriebener Parmesan
60 g Sauerrahm

Dressing
1 Knoblauchzehe, zerdrückt
1 EL Limettensaft
2 EL Olivenöl

Guacamole (Avocadocreme)
3 reife Avocados
2 EL Zitronensaft
1 Knoblauchzehe, zerdrückt
1 kleine rote Zwiebel, fein gewürfelt
1 kleine rote Chilischote, evtl. Samen entfernt, fein gewürfelt
60 g Sauerrahm
2 EL scharfe Tacosauce (Fertigprodukt)

Die Bohnen über Nacht in kaltem Wasser einweichen. Abgießen und in sprudelnd kochendem Wasser 30 Minuten garen, bis sie weich sind. Dabei immer wieder den Schaum von der Oberfläche abschöpfen. Abseihen und abkühlen lassen.

Die Süßkartoffeln schälen, in große Stücke schneiden und in kochendem Wasser weich garen. Abgießen und abtropfen lassen. In einer Schüssel mit der Zwiebel, der Paprika, den Tomaten und den Bohnen vermischen. Basilikum unterheben.

Für das Dressing die Zutaten in ein Schraubglas füllen. Das Glas fest verschließen und schütteln. Den Salat mit dem Dressing anmachen.

Den Backofen auf 180 °C vorheizen.
Die Tortillas in nicht zu kleine Dreiecke schneiden, mit etwas Öl bestreichen und mit Parmesan bestreuen. 5–10 Minuten im Ofen knusprig backen.

Für die Guacamole Avocado mit Zitronensaft sorgfältig zerdrücken. Die restlichen Zutaten dazugeben und gut vermischen.

Den Salat auf Tellern anrichten. Jeweils einen Klecks Guacamole in die Mitte setzen, darauf Sauerrahm geben und mit den Tortillas servieren.

Für 10–12 Personen

Grüne Bohnen mit gebackenen Pilzen

600 g Champignons
2 EL Olivenöl
3 Knoblauchzehen, zerdrückt
2 EL Zitronensaft
6 Schalotten, nur von den Wurzelenden befreit (nicht geschält!)
1½ EL Estragonessig
2 TL fein gehackter Estragon
1 EL fein gehackte glatte Petersilie
200 g Prinzessbohnen
2 Handvoll Rucola

Den Backofen auf 200 °C vorheizen. Die Pilze nebeneinander in eine große ofenfeste Form legen. Öl, Knoblauch, Zitronensaft und Schalotten hinzufügen und alles behutsam mischen. Im Ofen 30 Minuten rösten, dabei gelegentlich mit Garsud beschöpfen. Herausnehmen und auf Raumtemperatur abkühlen lassen. Schalotten aus den Häuten drücken.

Den Garsud in eine große Schüssel gießen. Essig, Estragon und Petersilie hinzufügen; alles zu einem Dressing verrühren. Mit Salz und Pfeffer aus der Mühle abschmecken.

Die Bohnen in kochendem Salzwasser in etwa 2 Minuten bissfest garen; noch heiß zum Dressing geben. Auf Raumtemperatur abkühlen lassen.

Die Pilze vierteln, große Exemplare achteln. Mit Schalotten und Rucola zu den Bohnen geben; alles behutsam mischen. Den Salat auf einer Servierplatte anrichten oder auf vier Salatschalen verteilen.

Für 4 Personen

Rote Bete mit Ziegenkäse

1 kg Rote Bete (etwa 4 Knollen mit Blättern)
200 g grüne Bohnen
1 EL Rotweinessig
2 EL bestes Olivenöl
1 Knoblauchzehe, zerdrückt
1 EL Kapern, grob gehackt
100 g fester Ziegenfrischkäse

Von den Rote-Bete-Knollen die Blätter abschneiden. Knollen unter kaltem Wasser abbürsten, die Blätter gründlich waschen. Die Knollen in kochendem Wasser zugedeckt in 30 Minuten weich garen; zur Garprobe mit einem Messer hineinstechen. (Die Garzeit hängt von der Größe der Knollen ab.)

Inzwischen reichlich Wasser aufkochen. Die Bohnen für etwa 3 Minuten hineingeben, bis sie knapp gar sind, dann mit einem Schaumlöffel herausheben und in kaltem Wasser abschrecken. Gut abtropfen lassen. Die Rote-Bete-Blätter in den Topf geben und 3–5 Minuten kochen, bis Stiele und Blätter weich sind. Abgießen, abschrecken und abtropfen lassen. Die Rote-Bete-Knollen abgießen und etwas abkühlen lassen.

Inzwischen Essig, Öl, Knoblauch und Kapern zu einem Dressing verrühren. Das Dressing mit Salz und Pfeffer aus der Mühle abschmecken.

Küchenhandschuhe anziehen. Rote Bete schälen und in schmale Spalten schneiden. Zum Servieren Bohnen, Rote-Bete-Spalten und -Blätter auf vier Salatschalen verteilen. Den Käse darüberbröckeln und die Portionen mit dem Dressing beträufeln.

Für 4 Personen

Spargel-Pilz-Salat mit warmem Zitrusdressing

150 g grüne Spargelstangen
1 EL grobkörniger Senf
3 EL Orangensaft
2 EL Zitronensaft
1 EL Limettensaft
1 EL Orangenzesten
2 TL Zitronenzesten
2 TL Limettenzesten
2 Knoblauchzehen, zerdrückt
100 g Honig
400 g Champignons, halbiert
150 g Rucola
1 rote Paprikaschote, in feine Streifen geschnitten

Von den Spargelstangen die holzigen Enden abbrechen und wegwerfen, anschließend die Stangen quer halbieren. In kochendem Wasser 1 Minute garen, bis sie weich sind. Abgießen, kalt abschrecken und abtropfen lassen. Beiseitestellen.

Den Senf, die Zitrussäfte, die Zesten, den Knoblauch und den Honig in einem großen Topf verrühren und mit frisch gemahlenem schwarzem Pfeffer würzen. Das Dressing zum Kochen bringen, die Hitze reduzieren und die Champignons 2 Minuten unter Rühren darin garen. Abkühlen lassen.

Die Pilze mit einem Schaumlöffel herausheben und beiseitestellen. Das Dressing erneut aufkochen, anschließend bei reduzierter Hitze 3–5 Minuten sirupartig einkochen lassen. Leicht abkühlen lassen.

Die Pilze mit dem Rucola, der Paprikaschote und dem Spargel vermischen, auf einer Servierplatte anrichten und mit dem warmen Dressing beträufeln.

Für 4 Personen

Kürbis-Brokkoli-Salat mit Kichererbsen und süßem Joghurtdressing

1 Dose Kichererbsen (400 g)
750 g Butternusskürbisfleisch, in große Stücke geschnitten
1 EL Sojaöl
3 EL süße Chilisauce
300 g Brokkoliröschen, gedämpft
50 g Kürbiskerne
2 EL gehacktes Koriandergrün
2 EL Joghurt

Den Backofen auf 200 °C vorheizen. Die Kichererbsen in ein Sieb schütten und abtropfen lassen; mit den Kürbisstücken in eine ofenfeste Form geben. Das Sojaöl mit 2 EL Chilisauce verrühren; zu Kürbis und Kichererbsen geben und untermischen.

Kürbis und Kichererbsen im heißen Ofen 40 Minuten rösten, bis die Kürbisstücke weich sind. Alles in eine Salatschüssel geben und mit Brokkoliröschen, Kürbiskernen und Koriandergrün mischen.

Den Joghurt mit der restlichen Chilisauce zu einem Dressing verrühren. Das Dressing über den Salat gießen und behutsam untermischen.

Für 4 Personen

Salat mit Zuckererbsen, Möhren und Cashewkernen

100 g Cashewkerne
175 g Zuckererbsen
125 g Möhre
150 g Rotkohl

Dressing
3 EL Sesamöl
2 EL Sonnenblumenöl
2 EL Reis- oder Weißweinessig
1 TL geriebener oder fein gehackter frischer Ingwer
1 EL helle Sojasauce

Den Backofen auf 200 °C vorheizen. Die Cashewkerne auf ein Backblech geben und im Ofen in etwa 5 Minuten goldbraun rösten. Herausnehmen, abkühlen lassen und grob hacken.

Die Zuckererbsen schräg quer halbieren. 1 Minute dämpfen oder im Mikrowellengerät erhitzen, dann herausnehmen und abkühlen lassen. Die Möhre mit dem Sparschäler in dünne Streifen schneiden. Den Rotkohl in feine Streifen schneiden oder hobeln.

Die Zutaten für das Dressing in eine Salatschüssel geben und mit einem Schneebesen verrühren. Mit Salz und Pfeffer aus der Mühle abschmecken. Gemüse und die Hälfte der Cashewkerne hinzufügen und alles mischen. Die restlichen Cashewkerne auf den Salat streuen.

Für 4 Personen

Salat aus gegrilltem Gemüse

1 rote Zwiebel
6 kleine Auberginen (je etwa
16 cm lang)
4 rote Paprikaschoten
4 orange Paprikaschoten
1 EL sehr kleine Kapern (Nonpareilles)
1 Prise Salz
75 ml Olivenöl
1 EL gehackte glatte Petersilie
2 Knoblauchzehen, fein gewürfelt

Den Backofengrill auf mittlerer Stufe vorheizen. Die Zwiebel längs in sechs Spalten schneiden, dabei das Wurzelende intakt lassen.

Zwiebel, Auberginen und Paprikaschoten etwa 10 Minuten unter gelegentlichem Wenden grillen, bis die Haut von Paprika und Auberginen außen angekohlt und blasig ist. Die Paprikaschoten in einen Gefrierbeutel geben und 10 Minuten abkühlen lassen. Zwiebel und Auberginen beiseitelegen.

Kapern mit Salz in eine Pfanne geben und ohne Fett knusprig braten. Die Zwiebelspalten voneinander lösen, die verkohlte Schale wegwerfen.

Die Auberginen häuten, von den Kelchen befreien und längs in Scheiben schneiden. Die Paprikaschoten häuten, halbieren und von Trennwänden und Samen befreien. Die Paprikahälften in breite Streifen schneiden.

Das Gemüse auf einer großen Servierplatte anrichten, mit Olivenöl beträufeln, salzen und pfeffern. Mit Petersilie, Knoblauch und Kapern bestreuen und kalt servieren.

Für 4 Personen

Kartoffelsalat

600 g neue Kartoffeln, mit der Schale in mundgerechte Stücke geschnitten
1 kleine Zwiebel, fein gewürfelt
1 kleine grüne Paprikaschote, gewürfelt
2–3 Stangen Sellerie, fein gewürfelt
1 große Handvoll Petersilie, fein gehackt

Dressing
185 g Mayonnaise
1–2 EL Essig oder Zitronensaft
2 EL Sauerrahm

Die Kartoffeln in einem großen Topf in kochendem Wasser knapp weich garen. Abgießen und vollständig abkühlen lassen.

Die abgekühlten Kartoffeln in einer großen Schüssel mit der Zwiebel, der Paprikaschote, dem Sellerie und dem Großteil der Petersilie vermischen.

Für das Dressing Mayonnaise, Essig und Sauerrahm vermengen und mit Salz und frisch gemahlenem schwarzem Pfeffer würzen. Das Dressing über den Salat geben und behutsam untermischen, damit die Kartoffeln nicht zerbrechen. Mit der restlichen Petersilie bestreuen und servieren.

Für 4 Personen

Salat mit Kichererbsen und Gemüse aus dem Ofen

500 g Butternusskürbis ohne Schale, gewürfelt
2 rote Paprikaschoten, halbiert
4 längliche schlanke Auberginen, längs halbiert
4 Zucchini, längs halbiert
4 Zwiebeln, geviertelt
Olivenöl, zum Bestreichen
800 g Kichererbsen aus der Dose, abgetropft und abgespült
2 EL gehackte frische glatte Petersilie

Dressing
4 EL Olivenöl
2 EL Zitronensaft
1 Knoblauchzehe, zerdrückt
1 EL gehackter frischer Thymian

Den Backofen auf 220 °C vorheizen und zwei Backbleche mit Öl ausstreichen. Das Gemüse in einer Lage auf den Blechen verteilen und mit etwas Öl bepinseln.

Die Bleche in den Ofen schieben und das Gemüse 40 Minuten garen, bis es weich und an den Kanten leicht gebräunt ist. Abkühlen lassen.

Die Haut der Paprikaschoten nach Geschmack abziehen und die Paprikaschoten, die Auberginen und die Zucchini in Stücke schneiden. Die Gemüsestücke zusammen mit den Kichererbsen und der Hälfte der Petersilie in eine Schüssel füllen.

Für das Dressing die Zutaten in einer kleinen Schüssel mit dem Schneebesen verrühren und mit Salz und Pfeffer würzen. Das Gemüse mit dem Dressing anmachen und 30 Minuten ziehen lassen. Vor dem Servieren den Salat mit der restlichen Petersilie bestreuen.

Für 8 Personen

Thunfischsalat mit Naturreis und Ofengemüse

1 kleine rote Paprikaschote, in Stücke geschnitten
1 Zucchini, in dicke Scheiben geschnitten
1 kleine Zwiebel, in Spalten geschnitten
2 EL Olivenöl
150 g Naturreis
1 Dose Thunfisch (185 g)

Dressing
abgeriebene Schale von 1 unbehandelten Orange
2 EL Orangensaft
2 EL Olivenöl
3 EL in Stücke gezupftes Basilikum

Den Backofen auf 200 °C vorheizen. Paprika, Zucchini und Zwiebel in eine ofenfeste Form geben. Das Öl sowie Salz und Pfeffer aus der Mühle hinzufügen und untermischen. Gemüse 20 Minuten rösten, bis es Farbe angenommen hat und weich ist, dabei gelegentlich umrühren.

Inzwischen den Reis nach Packungsanweisung garen. Je nach Garmethode abgießen oder ausdämpfen lassen, kalt abspülen und gut abtropfen lassen. Ein Sieb auf einen Topf setzen. Den Reis in das Sieb geben und abkühlen lassen, dabei einige Male mit einer Gabel auflockern.

Während der Reis abkühlt, die Zutaten für das Dressing in einer kleinen Schüssel mit einem Schneebesen verrühren. Mit Salz und Pfeffer aus der Mühle abschmecken.

Thunfisch abtropfen lassen und in einer Schüssel zerpflücken. Reis mit Thunfisch und Ofengemüse mischen. Das Dressing hinzufügen und behutsam unterheben. Den Salat auf zwei Teller verteilen und servieren.

Für 2 Personen

Tipp: Für diesen Salat können Sie gegarten Naturreis vom Vortag verwenden. Sie brauchen etwa 300 g.

Würziger indischer Linsensalat

200 g Naturreis
175 g braune Linsen
1 TL gemahlene Kurkuma
1 TL gemahlener Zimt
6 grüne Kardamomkapseln
3 Sternanis
2 Lorbeerblätter
60 ml Sonnenblumenöl
1 EL Zitronensaft
250 g Brokkoliröschen
2 Möhren, in streichholzfeinen Stiften
1 Zwiebel, fein gewürfelt
2 Knoblauchzehen, zerdrückt
1 rote Paprikaschote, fein gewürfelt
1 TL Garam masala
1 TL gemahlener Koriander
225 g Erbsen

Minze-Joghurt-Dressing
250 g Naturjoghurt, mit 1 EL Zitronensaft, 1 EL fein gehackter Minze und 1 TL Kreuzkümmelsamen verrührt

In einem Topf Reis, Linsen, Kurkuma, Zimt, Kardamom, Sternanis und Lorbeerblätter in 750 ml Wasser einrühren, aufkochen und abgedeckt 50–60 Minuten sanft köcheln lassen. Danach Kardamom, Sternanis und Lorbeerblätter herausfischen und wegwerfen. Die Reis-Linsen-Mischung in eine Schüssel umfüllen und mit einer Gabel 2 EL von dem Öl und den Zitronensaft einarbeiten.

Brokkoli und Möhren weich garen. Das restliche Öl in einem großen Topf erhitzen und darin Zwiebel, Knoblauch und Paprikaschote 2–3 Minuten pfannenrühren. Garam masala und Koriander zufügen und alles weitere 1–2 Minuten garen. Brokkoli, Möhren und Erbsen dazugeben, behutsam durchmischen, dann die Reis-Linsen-Mischung mit einer Gabel unterziehen. Abgedeckt kalt stellen.

Das Dressing vor dem Servieren mit Salz und Pfeffer würzen und zum Salat reichen.

Für 6 Personen

Kürbis-Avocado-Salat mit Korianderdressing

750 g Muskatkürbis
1 große Avocado

Dressing
2 EL Olivenöl
1 EL gehacktes Koriandergrün
1 EL gehackte Minze
1 kleine rote Zwiebel, fein gewürfelt
2 TL süße Chilisauce
2 TL Balsamico-Essig
1 TL Zucker

Das Kürbisstück von Kernen und wattigem Inneren befreien, schälen und in Scheiben schneiden. Diese in reichlich kochendes Wasser geben und so lange kochen, bis sie gar, aber nicht zu weich sind. Abgießen und abtropfen lassen.

Avocado halbieren, entsteinen, schälen und längs in Scheiben schneiden. Die Zutaten für das Dressing in einer kleinen Schüssel verrühren. Die warmen Kürbisscheiben mit den Avocadoscheiben in eine Servierschüssel geben. Das Dressing behutsam untermischen und den Salat sofort servieren.

Für 6 Personen

Gegrillter Topinambur mit Radicchio und Pastrami

500 g Topinambur
Saft von ½ Zitrone
1 Prise Asafoetida (Teufelsdreck; indisches Gewürz), nach Belieben
1 Radicchio
50 g Walnusskernhälften
60 ml Walnussöl
1 kleine unbehandelte Orange
1 EL in Streifen geschnittene Petersilie
100 g Pastrami in Scheiben, die Scheiben halbiert

Topinamburknollen schälen; große Exemplare zerteilen, damit etwa gleich große Stücke entstehen. Salzwasser aufkochen lassen. Topinambur mit Zitronensaft und Asafoetida (nach Belieben) hineingeben. Etwa 12 Minuten köcheln lassen, bis das Gemüse weich ist. Abgießen, abkühlen lassen und schräg in Scheiben schneiden.

Den Backofengrill auf höchster Stufe vorheizen. Den Radicchio von den Außenblättern befreien und längs vierteln. Mit den Schnittflächen nach oben in eine ofenfeste Form legen, mit den Walnüssen bestreuen und mit der Hälfte des Nussöls beträufeln. 1–2 Minuten grillen, bis die Blätter zusammenfallen und an den Rändern braun werden. Aus dem Ofen nehmen und kurz abkühlen lassen.

Die Wurzelenden von den Radicchiovierteln entfernen und die Blätter wieder in die Form geben. Die Orange abreiben und auspressen (Schale beiseitestellen). Topinambur, Orangensaft und Petersilie sowie Salz und Pfeffer aus der Mühle hinzufügen; alles kurz mischen. Die Pastramischeiben locker aufrollen und auf dem Salat anrichten. Das Ganze mit dem restlichen Nussöl beträufeln und für 1–2 Minuten unter den Grill schieben. Mit der Orangenschale bestreuen und sofort servieren.

Für 4 Personen

Gebratenes Gemüse mit Mozzarella und Kaperndressing

2 Mini-Auberginen
2 große Eiertomaten
1 rote Paprikaschote
½ grüne Paprikaschote
1 Zucchini
2½ EL Olivenöl
12 Mini-Mozzarellakugeln
1 EL Balsamico-Essig
¼ TL Zucker
12 schwarze Oliven
1 Knoblauchzehe, fein gewürfelt
1 gehäufter EL sehr kleine Kapern

Auberginen längs halbieren und die Tomaten in Achtel schneiden. Die Paprikaschoten putzen und in breite Streifen schneiden. Zucchini schräg in dünne Scheiben schneiden.

Eine Grillpfanne bei starker Hitze heiß werden lassen und mit ½ TL Öl ausstreichen. Das Gemüse darin portionsweise je 2–3 Minuten braten, bis es gebräunt ist und Grillstreifen aufweist; falls nötig, mehr Öl hinzufügen. (Die Tomaten am besten erst mit den Schnittflächen nach unten in die Pfanne geben.)

Gemüse und Mozzarella in eine große Schüssel geben. Das restliche Öl mit Essig und Zucker zu einem Dressing verrühren. Oliven, Knoblauch und Kapern unterrühren. Alles unter Gemüse und Mozzarella mischen; mit Salz und Pfeffer aus der Mühle abschmecken. Gemüsemischung auf zwei Teller verteilen. Sofort servieren.

Für 2 Personen

Erbsen-Bohnen-Salat mit Kartoffeln und Speck

500 g kleine festkochende Kartoffeln
2 EL Olivenöl
1 Zwiebel, fein gewürfelt
75 g durchwachsener Speck, in Streifen geschnitten
2 Knoblauchzehen, fein gewürfelt
250 g Tiefkühl-Erbsen
200 g zarte Dicke-Bohnen-Kerne
1 kleine Handvoll Basilikumblätter, in Stücke gezupft
1 EL Rotwein

Die Kartoffeln kochen und abgießen. Das Öl in einem großen Topf erhitzen. Zwiebel und Speck darin bei mittlerer Hitze 5 Minuten braten, bis die Zwiebelwürfel glasig sind und der Speck etwas knusprig ist. Den Knoblauch hinzufügen und 1 Minute mitbraten.

Die Kartoffeln halbieren, größere Exemplare in dicke Scheiben schneiden. Zur Zwiebelmischung geben und unter gelegentlichem Rühren 5 Minuten mitbraten.

Gefrorene Erbsen nach Packungsangabe in kochendem Wasser garen, mit einem Schaumlöffel herausheben und abschrecken. Die Bohnenkerne ins kochende Wasser geben und garen, dann abgießen und mit kaltem Wasser abschrecken. Bohnenkerne aus den Häuten drücken und mit den Erbsen mischen. Zur Zwiebel-Kartoffel-Mischung geben und kurz unterrühren. Basilikum und Rotwein hinzufügen. Alles 1 Minute köcheln lassen. Auf Teller verteilen, sofort servieren.

Für 4 Personen

Salat mit gebratenem Gemüse und Pilzen

1 weiße Rübe (z. B. Pastinake), in dünne Stifte geschnitten
2 TL Salz
2 EL Sesamöl
1 EL Öl
2 Knoblauchzehen, fein gewürfelt
1 große Zwiebel, in Ringe geschnitten
2 Selleriestangen, in Scheiben geschnitten
200 g Champignons, in Scheiben geschnitten
1 große Möhre, in dünne Stifte geschnitten
½ rote Paprikaschote, in dünne Streifen geschnitten
4 Frühlingszwiebeln, in breite Ringe geschnitten
80 g Pinienkerne, geröstet (siehe Tipp)

Dressing
60 ml Sojasauce
1 EL Weißweinessig
3 cm frischer Ingwer, in feine Streifengeschnitten
1–2 TL Zucker

Einen Teller mit Küchenpapier belegen. Die Rübenstifte daraufgeben und mit dem Salz bestreuen; 20 Minuten Wasser ziehen lassen. Kalt abspülen und mit Küchenpapier trocken tupfen.

Die Öle in einer großen Pfanne oder im Wok erhitzen und durch Schwenken verteilen. Rübenstifte, Knoblauchwürfel und Zwiebelringe darin bei mittlerer Hitze etwa 3 Minuten pfannenrühren, bis sie etwas Farbe angenommen haben.

Sellerie, Champignons, Möhrenstifte, Paprikastreifen und Frühlingszwiebelringe hinzufügen und alles verrühren. Zudecken, 1 Minute garen. Herausnehmen, beiseitestellen und abkühlen lassen.

Die Zutaten für das Dressing in einer Schüssel verrühren. Das Dressing zum abgekühlten Gemüse geben und untermischen. Den Salat auf einer Platte anrichten und mit den Pinienkernen bestreuen.

Für 4 Personen

Tipp: Die Pinienkerne in einer Pfanne ohne Fett unter ständigem Rühren rösten, bis sie goldbraun sind und Duft aufsteigt. Vorsicht, sie verbrennen leicht!

Gegrilltes Gemüse mit Knoblauchmayonnaise

2 Auberginen, in dünne Scheiben geschnitten
4 kleine Stangen Lauch, nur die hellen Teile, längs halbiert
4 kleine Zucchini, längs halbiert
2 rote Paprikaschoten, geviertelt
8 große flache Champignons, Stiele knapp abgeschnitten

Dressing
1 EL Balsamico-Essig
2 EL Dijonsenf
2 TL getrockneter Oregano
250 ml Olivenöl

Knoblauchmayonnaise
2 Eigelb
1 EL Zitronensaft
2 Knoblauchzehen, zerdrückt
250 ml Olivenöl
1 EL Schnittlauchröllchen
1 EL gehackte glatte Petersilie

Die Auberginenscheiben mit Salz bestreuen und 30 Minuten Wasser ziehen lassen; kalt abspülen und mit Küchenpapier trocken tupfen.

Für das Dressing den Essig in einer Schüssel mit Senf und Oregano ver-rühren. Nach und nach das Öl mit unterrühren. Backofengrill auf höchs-ter Stufe vorheizen.

Auberginenscheiben, Lauch, Zucchini und Paprika auf ein Backblech legen und mit etwas Dressing bestreichen. Das Gemüse 5 Minuten grillen, dabei einmal wenden und gelegentlich mit Dressing bestreichen. Die Pilze mit den Hüten nach oben auf das Blech legen und mit Dressing bestreichen. Gemüse und Pilze 10 Minuten grillen, bis sie weich sind. Alles gelegentlich mit Dressing bestreichen, die Pilze einmal wenden.

Für die Mayonnaise Eigelbe, Zitronensaft und Knoblauch in die Küchenmaschine geben und 5 Sekunden mixen. Bei laufendem Motor das Öl in dünnem Strahl hinzufügen. Mixen, bis das Öl aufgebraucht und die Mayonnaise dick und cremig ist. Schnittlauch, Petersilie und 1 EL Wasser hinzufügen und in 3 Sekunden untermischen. Die Knoblauchmayonnaise zum gegrillten Gemüse servieren.

Für 8 Personen

Tunesischer Auberginensalat mit Salzzitronen

- 2 große Auberginen, in 2 cm große Würfel geschnitten
- 1–2 TL Salz
- 125 ml Olivenöl
- 1 TL Kreuzkümmelsamen
- 2 Knoblauchzehen, in sehr dünne Scheiben geschnitten
- 1 EL Korinthen
- 1 EL gehobelte Mandeln
- 6 kleine Eiertomaten, längs geviertelt
- 1 TL getrockneter Oregano
- ½ Salzzitrone (in Salz eingelegte Zitrone; Orientladen)
- 2 rote Chilischoten, längs halbiert, von den Samen befreit
- 2 EL Zitronensaft
- 4 EL gehackte Petersilie
- bestes Olivenöl, zum Beträufeln

Die Auberginenwürfel in ein großes Sieb geben und mit Salz bestreuen. Im Spülbecken 2–3 Stunden abtropfen lassen, dann mit Küchenpapier trocken tupfen.

Die Hälfte des Olivenöls in einem großen Topf bei mittlerer Hitze heiß werden lassen. Auberginenwürfel darin portionsweise je 5–6 Minuten braten, bis sie goldbraun sind; falls nötig, mehr Öl dazugeben. Auf Küchenpapier abtropfen lassen.

Das restliche Öl in den Topf geben. Kreuzkümmel, Knoblauch, Korinthen und Mandeln hinzufügen. Bei schwacher Hitze 20–30 Sekunden beraten, bis der Knoblauch beginnt, Farbe anzunehmen. Tomaten und Oregano dazugeben und 1 Minute erwärmen. Den Topf vom Herd nehmen.

Die Salzzitrone schälen. Die Schale in dünne Streifen schneiden, den Rest der Zitrone wegwerfen.

Auberginen wieder in den Topf geben. Chilis, Zitronensaft, Petersilie und Zitronenschale hinzufügen. Mischen und mit schwarzem Pfeffer aus der Mühle würzen. Vor dem Servieren mindestens 1 Stunde durchziehen lassen. Abschmecken, mit Olivenöl beträufeln.

Für 4 Personen

Warmer Radicchiosalat mit Tomatenvinaigrette

4–5 EL Olivenöl
6 Knoblauchzehen, in feine Scheiben geschnitten
7 Eiertomaten, halbiert, entkernt
3 EL bestes Olivenöl
2 EL Rotweinessig
1 TL Honig
900 g Chicorée
1 Zwiebel, in Halbringe geschnitten
1 Kopf Radicchio

In einer Pfanne die Hälfte des Olivenöls erhitzen und den Knoblauch darin anbraten. Auf Küchenpapier abtropfen lassen.

Etwas mehr Öl in die Pfanne geben und die Tomaten mit der Schnittfläche nach unten bei mäßiger Hitze von beiden Seiten weich dünsten. In einer Schüssel abkühlen lassen. Die Haut der Tomaten abziehen und wegwerfen, das Fruchtfleisch mit einer Gabel grob zerdrücken.

Für die Vinaigrette die Hälfte der Tomaten mit bestem Olivenöl, Essig und Honig verrühren. Mit Salz und Pfeffer abschmecken.

Den Strunk der Chicoréeknollen herausschneiden. Die Blätter waschen, abtropfen lassen und zerpflücken. Olivenöl in der Pfanne erhitzen und die Zwiebelringe darin glasig schwitzen. Chicorée dazugeben, zusammenfallen lassen; die restlichen Tomaten unterrühren. Mit Salz und Pfeffer würzen.

Radicchio waschen und verlesen, große Blätter zerpflücken. Behutsam mit der Chicoréemischung vermengen. In eine Servierschüssel umfüllen, mit der Tomatenvinaigrette beträufeln und die gebratenen Knoblauchscheiben darüberstreuen. Sofort servieren.

Für 4 Personen

Mariniertes Ofengemüse mit Knoblauchbröseln

3 Zucchini, in dicke Scheiben geschnitten
1 rote Zwiebel, längs geachtelt
1 rote Paprikaschote, in mundgerechte Stücke geschnitten
250 g Champignons, große Exemplare halbiert
3 EL Olivenöl
1 Knoblauchzehe, zerdrückt
50 g Semmelbrösel, aus Weißbrot oder Brötchen vom Vortag

Dressing
1 EL Olivenöl
2 EL Pesto (Fertigprodukt)
1 EL Zitronensaft

Den Backofen auf 200 °C vorheizen. Das Gemüse und die Pilze in eine große ofenfeste Form geben und mit 2 EL Olivenöl beträufeln. Etwas Salz und Pfeffer aus der Mühle hinzufügen und die Form schwenken, um das Gemüse mit Öl zu überziehen. Das Gemüse im heißen Ofen 30 Minuten rösten, bis es weich ist.

Die Zutaten für das Dressing in einer großen Schüssel verrühren. Gemüse hinzufügen und untermischen. Den Salat 10 Minuten durchziehen lassen.

Das restliche Öl bei mittlerer Hitze in einer Pfanne heiß werden lassen. Den Knoblauch darin 30 Sekunden braten. Die Semmelbrösel hinzufügen und bei starker Hitze 2–3 Minuten unter Rühren mitbraten, bis alles goldbraun ist. Die Knoblauchbrösel unter das Gemüse heben. Sofort servieren.

Für 4 Personen

Gegrillter Blumenkohl mit Sesamdressing

Sesamdressing
3 EL Tahini
1 Knoblauchzehe, zerdrückt
60 ml Reisweinessig
1 EL Öl
1 TL Limettensaft
¼ TL Sesamöl
1 Blumenkohl
12 Knoblauchzehen, zerdrückt
2 EL Öl
2 Romanasalatherzen, zerteilt, gewaschen und abgetropft
50 g Brunnenkresse, gewaschen und abgetropft
2 TL Sesamsamen, geröstet
1 EL fein gehackte Petersilie

Eine Grillpfanne oder -platte auf mittlere Hitze vorwärmen. In einer mittelgroßen Schüssel (kein Metall) Tahini, Knoblauch, Reisweinessig, Öl, Limettensaft, Sesamöl und 1 EL Wasser mischen, mit Salz und Pfeffer würzen.

Den Blumenkohl halbieren und in 1 cm dicke Spalten schneiden. Auf ein Backblech legen. Knoblauch und Öl mischen und vorsichtig auf den Blumenkohl pinseln, mit Salz und Pfeffer würzen. Blumenkohl auf beiden Seiten goldbraun grillen, bis er weich ist.

Romanasalat und Brunnenkresse auf einer Platte anrichten, die Blumenkohlspalten darauflegen. Mit dem Dressing beträufeln und mit Sesamsamen und Petersilie garnieren; sofort servieren.

Für 4 Personen

Indonesisches Gado gado

2 Möhren, in Streifen
250 g Spargelbohnen, in Stücken
6 neue Kartoffeln, in der Schale weich gegart
2 EL Erdnussöl
250 g fester Tofu, in Würfeln
100 g zarte junge Spinatblätter
2 Gärtnergurken, in Streifen
1 große rote Paprikaschote, in Streifen
100 g Mungobohnensprossen
5 hart gekochte Eier, geschält, halbiert

Erdnusssauce
1 EL Erdnussöl
1 Zwiebel, fein gewürfelt
150 g Erdnusscreme
60 ml Ketjap manis
2 EL gemahlener Koriander
2 TL Chilisauce
185 ml Kokoscreme
1 TL geriebener Palmzucker
1 EL Zitronensaft

Möhren und Bohnen separat in kochendem Wasser knapp weich garen, kurz in Eiswasser abschrecken und abtropfen lassen. Inzwischen die Kartoffeln in Viertel schneiden. Das Öl in einer beschichteten Pfanne erhitzen und den Tofu darin portionsweise rundum goldbraun und knusprig braten. Auf Küchenpapier entfetten.

Für die Sauce das Öl in einer Pfanne bei niedriger Temperatur erhitzen und die Zwiebel darin 5 Minuten anschwitzen. Erdnusscreme, Ketjap manis, Koriander, Chilisauce und Kokoscreme zufügen, aufkochen und bei schwacher Hitze 5 Minuten köcheln lassen. Den Zucker mit dem Zitronensaft unter Rühren darin auflösen. Das gesamte Gemüse, den Tofu und die Eier auf einer Servierplatte anrichten und mit der Erdnusssauce servieren.

Für 4 Personen

Bohnensalat mit Spinat, Avocado und Kartoffeln

6 Kartoffeln
2 rote Paprikaschoten, halbiert und geputzt
100 g Zuckerschoten
3 EL bestes Olivenöl
2 Knoblauchzehen, fein gewürfelt
1 TL Fischsauce
1 TL geriebener Palmzucker oder 1 TL Zucker
125 ml Limettensaft
1 Dose weiße Bohnen (400 g)
50 g Spinatblätter
1 große Handvoll Korianderblätter
2 Avocados, gewürfelt
1 Schalotte, fein gewürfelt
1 kleine rote Chilischote, von den Samen befreit, fein gehackt

Die Böden von zwei Dämpfkörben mit Backpapier belegen. In das Papier Löcher stechen. In einen Korb die Kartoffeln, in den anderen die Paprika geben. Die Körbe schließen und übereinander (Kartoffeln unten, Paprika oben) in den Wok oder in einen Topf über kochendes Wasser setzen. Etwa 30 Minuten dämpfen, bis die Kartoffeln weich sind. Paprika in einen Gefrierbeutel geben; abkühlen lassen, häuten und in Streifen schneiden.

Die Zuckerschoten 1–2 Minuten dämpfen, dann in Streifen schneiden. Die Kartoffeln noch heiß pellen und in 1 cm dicke Scheiben schneiden. Öl, Knoblauch, Fischsauce, Zucker und 3 EL Limettensaft zu einem Dressing verrühren. Kartoffeln in eine Schüssel geben und mit der Hälfte des Dressings begießen. Die Bohnen kalt abspülen und abtropfen lassen.

Paprika, Zuckerschoten, Bohnen, Spinat und Koriandergrün in eine große Schüssel geben und mit dem restlichen Dressing mischen. In einer zweiten Schüssel die Avocadowürfel mit Schalotte, Chili und dem restlichen Limettensaft mischen. Zum Servieren die Kartoffelscheiben auf Portionstellern anrichten. Den Bohnensalat darauf verteilen und die Avocadomischung daraufgeben.

Für 4–6 Personen

Gemüsesalat mit scharfem Chili-Dressing

1 Dose Pinto- oder Borlotto-Bohnen (400 g; ersatzweise Kidneybohnen)
2 Fenchelknollen, längs in Scheiben geschnitten
125 g Maiskölbchen, nach Belieben halbiert
150 g Zuckerschoten, quer schräg halbiert
100 g Rucola
40 g Erbsensprossen

Dressing
4 EL Olivenöl
3 EL schwarzer Essig (siehe Tipp)
1 EL Reisessig
2 EL fein gehacktes Koriandergrün
1 kleine rote Chilischote, von den Samen befreit, fein gehackt

Die Bohnen in ein Sieb schütten. Kalt abspülen, dann abtropfen lassen. Den Boden eines Dämpfkorbs mit Backpapier belegen. In das Papier Löcher stechen. Fenchel und Maiskölbchen in den Korb geben. Den Korb schließen und in den Wok oder in einen Topf über kochendes Wasser setzen. Fenchel und Mais 5 Minuten dämpfen. Zuckerschoten und Bohnen ebenfalls in den Korb geben und alles weitere 5 Minuten dämpfen. Das Gemüse (nicht aber das Kondenswasser, das sich auf dem Backpapier angesammelt hat) in eine Schüssel geben.

Inzwischen für das Dressing Öl, schwarzen Essig und Reisessig mit einem Schneebesen verrühren. Das Dressing salzen und pfeffern, dann Koriandergrün und Chili unterrühren.

Die Hälfte des Dressings zum Gemüse geben und unterrühren. Den Salat 5 Minuten ruhen oder vollständig auskühlen lassen. Den Rucola auf einer Servierplatte anrichten und mit dem restlichen Dressing beträufeln. Den Gemüsesalat daraufgeben und mit den Erbsensprossen bestreuen.

Für 4 Personen

Tipp: Schwarzer Essig ist ähnlich wie Balsamico, schmeckt aber etwas rauchig. Es gibt ihn im Asienladen.

Thunfischsalat Niçoise

4 Eier
600 g festkochende Kartoffeln, geschält
200 g grüne Bohnen, geputzt
700 g Thunfischsteaks (jedes Steak etwa 2 cm dick)
90 ml Olivenöl
2 EL Rotweinessig
2 EL gehackte glatte Petersilie
20 Kirschtomaten, halbiert
1 kleine rote Zwiebel, in dünne Ringe geschnitten
100 g schwarze Oliven ohne Stein

Die Eier in einen Topf mit kaltem Wasser legen. Das Wasser aufkochen lassen, die Hitze reduzieren und die Eier in 5 Minuten hart kochen. Unter fließend kaltem Wasser abschrecken, dann schälen und vierteln.

Die Kartoffeln mit Wasser bedecken und in 15–20 Minuten weich kochen. Herausnehmen. Die Bohnen in den Topf geben und 3–4 Minuten garen, bis sie weich, aber noch hellgrün sind. Abgießen, kurz in Eiswasser tauchen und halbieren. Die Kartoffeln in dicke Scheiben schneiden.

Die Fischsteaks auf beiden Seiten mit Pfeffer einreiben. Auf einem Holzkohlengrill, auf der Grillpfanne oder in einer Pfanne auf jeder Seite 2 Minuten braten, bis die Fischsteaks gar oder in der Mitte noch leicht rosa sind. Etwas abkühlen lassen, dann in Scheiben schneiden.

Öl, Essig und Petersilie in einer kleinen Schüssel verrühren. Kartoffeln, Bohnen, Tomaten, Zwiebelringe und Oliven in einer Schüssel mischen und mit Salz und Pfeffer würzen. Drei Viertel des Dressings darübergießen und vorsichtig unterheben. Den Salat auf vier Schalen verteilen, mit Thunfisch und Eivierteln garnieren und das restliche Dressing darüberträufeln.

Für 4 Personen

Vietnamesischer Hähnchensalat

400 g Hähnchenbrustfilet
1 Stängel Zitronengras, nur der helle Teil, fein gehackt
1 EL Fischsauce
2 TL Zucker
2 EL Limettensaft
1½ EL süße Chilisauce
200 g Chinakohl, in feine Streifen geschnitten
1 Möhre, mit einem Sparschäler in feine Streifen geschnitten
½ kleine rote Zwiebel, in Ringe geschnitten
15 g Korianderblätter
25 g Minzeblätter, grob gehackt
2 EL Korianderblätter, zum Anrichten
2 EL gehackte Erdnusskerne
1 EL knusprige Röstschalotten

Fleisch und Zitronengras in eine tiefe Pfanne mit Salzwasser legen. Aufkochen, dann 8–10 Minuten bei schwacher Hitze köcheln lassen, bis das Fleisch gar ist. Abgießen und warm stellen.

Für das Dressing Fischsauce, Zucker, Limettensaft und Chilisauce in einem kleinen Topf bei schwacher Hitze 1 Minute rühren, bis sich der Zucker aufgelöst hat. Vom Herd nehmen.

Den Chinakohl mit Möhrenstreifen, Zwiebelringen, Koriandergrün und Minze in einer großen Schüssel gut mischen. Drei Viertel des warmen Dressings darüberträufeln; alles vermischen. Auf eine Platte geben.

Die Hähnchenfilets schräg in dünne Scheiben schneiden, auf dem Salat anrichten und mit dem restlichen Dressing beträufeln. Mit Koriander, Erdnüssen und Röstschalotten garnieren und sofort servieren.

Für 4 Personen

Variante: Statt Chinakohl können Sie auch eine große, grüne Papaya schälen, fein hacken und in den Salat geben.

Rindfleischsalat mit Pastinaken, Backpflaumen und Schinken

Dressing
1½ EL Dijonsenf
1 Eigelb
3 EL Rotweinessig
250 ml Olivenöl
4 EL zerpflückte Basilikumblätter

125 ml trockener Marsala
24 entsteinte Backpflaumen
100 ml Olivenöl
1 kg Rinderfilet am Stück, von Fett und Sehnen befreit und mit Küchengarn wie ein Rollbraten zu einem Paket von kompakter, gleichmäßiger Form gebunden
600 g Pastinaken, geschält und in 5 mm dünne Scheiben geschnitten
2 rote Zwiebeln, geschält und in Spalten geschnitten
100 g roher Schinken, in dünne Scheiben geschnitten
1 Radicchiosalat, von Außenblättern befreit, gewaschen, abgetropft und zerpflückt
150 g Rucola, geputzt, gewaschen und abgetropft

Für das Dressing Senf, Eigelb und Essig in einer Schüssel gründlich verschlagen. In einem steten Strahl das Olivenöl zugießen und dabei weiterschlagen, bis die Mischung allmählich emulgiert. Mit Salz und Pfeffer abschmecken und den Basilikum unterrühren. Ist das Dressing zu dickflüssig, etwas Wasser unterrühren.

Den Marsala aufkochen. Die Pflaumen hineingeben, vom Herd nehmen und umrühren. Zugedeckt abkühlen lassen.

Den Ofen auf 220 °C vorheizen. In einer ofenfesten Pfanne 2 EL Olivenöl erhitzen und das Filet 3–4 Minuten von allen Seiten bräunen. Mit Salz und Pfeffer würzen, die Pfanne in den Ofen schieben und das Fleisch bis zum gewünschten Gargrad (17-20 Minuten für medium-rare) braten. Aus dem Ofen nehmen und mit Alufolie bedeckt ruhen lassen. Die Ofentemperatur auf 200 °C reduzieren. Pastinaken und Zwiebeln in einen Bräter legen, mit Olivenöl übergießen und durchmischen. Im Ofen 20 Minuten braten. Auf Küchenpapier abtropfen und abkühlen lassen.

Das Fleisch vom Küchengarn befreien, in dünne Scheiben schneiden und mit den restlichen Zutaten in eine Schüssel geben. Mit Dressing beträufeln und servieren.

Für 6 Personen

Lammrückenfiletstreifen auf gebackenen Tomaten

1 EL Rotweinessig
½ kleine Salatgurke, fein gewürfelt
100 g griechischer Sahnejoghurt
2 TL gehackte Minze
½ TL gemahlener Kreuzkümmel
80 ml Olivenöl
6 vollreife Tomaten
4 Knoblauchzehen, fein gehackt
1 EL gehackter Oregano
1 EL gehackte Petersilie
600 g grüner Spargel, von harten Enden befreit
2 Lammrückenfilets (Lammlachse) (500 g)

Essig, Gurke, Joghurt, Minze, Kreuzkümmel und 1 EL Olivenöl in einer kleinen Schüssel mischen.

Den Backofen auf 180 °C vorheizen. Die Tomaten halbieren, die Kerne mit einem Teelöffel herausschaben. Knoblauch, Oregano und Petersilie mischen und in die Tomatenhälften streuen.

Die Tomaten auf einen Rost über ein Backblech setzen. Mit 1 EL Olivenöl beträufeln und 1 Stunde im Backofen backen. Herausnehmen, die Tomatenhälften noch einmal halbieren; warm stellen. Den Spargel auf dem Blech ausbreiten, mit 1 EL Olivenöl beträufeln, salzen, pfeffern und 10 Minuten im Backofen backen.

Inzwischen das restliche Öl in einer Pfanne erhitzen. Das Lammfleisch salzen und pfeffern und bei mittlerer bis starker Hitze auf jeder Seite 5 Minuten braten, dann beiseitestellen und ruhen lassen.

Den Spargel auf einem Teller anrichten, die Tomatenviertel daraufgeben. Die Lammrückenfilets schräg in Scheiben schneiden und auf die Tomaten legen. Mit dem Dressing beträufeln und sofort servieren.

Für 4 Personen

Nudelsalat mit Salami

1 rote Paprikaschote
1 grüne Paprikaschote
4 Selleriestangen, geputzt
1 Fenchelknolle, geputzt
1 rote Zwiebel
200 g dick geschnittene Pfeffersalami
15 g glatte Petersilienblätter, gehackt
300 g bunte Fettuccine, in kleine Stücke zerbrochen

Dressing
125 ml Olivenöl
3 EL Zitronensaft
2½ EL Dijonsenf
1 TL Zucker
1 Knoblauchzehe, zerdrückt

Rote und grüne Paprika in Streifen schneiden, dabei von Samen und Trennhäuten befreien. In eine große Schüssel geben. Sellerie in Scheiben schneiden, in die Schüssel geben. Fenchel und Zwiebel halbieren, in Spalten schneiden und in die Schüssel geben. Salami in Streifen schneiden und mit der Petersilie zu dem Gemüse in die Schüssel geben.

Die Fettuccine in reichlich kochendem Salzwasser knapp bissfest garen. Abgießen und mit kaltem Wasser abschrecken, dann zu den anderen Zutaten in die Schüssel geben und gut untermischen.

Für das Dressing Olivenöl, Zitronensaft, Senf, Zucker und Knoblauch mischen. Nach Belieben mit Salz und schwarzem Pfeffer würzen. Das Dressing über den Salat geben und gut untermischen.

Für 8 Personen

Nudel-Brokkoli-Salat mit Kräuterdressing

8 ungeschälte Knoblauchzehen
2 EL bestes Olivenöl
125 g Mayonnaise
100 g Crème fraîche
80 g Pesto aus dem Glas
2 EL Zitronensaft
250 g Brokkoliröschen
400 g Risoni (kleine Nudeln in Reisform)
100 g geröstete Mandeln
1 EL fein gehackte Petersilie
1 EL Schnittlauchröllchen
gehobelter Parmesan, zum Garnieren

Den Backofen auf 180 °C vorheizen. Den Knoblauch mit Olivenöl beträufeln und 45 Minuten im Backofen backen, bis er weich und goldgelb ist. 2 Knoblauchzehen aus den Schalen drücken und mit Mayonnaise, Crème fraîche, Pesto und Zitronensaft in der Küchenmaschine zerkleinern, beiseitestellen. Brokkoliröschen ein paar Minuten dämpfen, kalt abschrecken und abtropfen lassen. Die Risoni in reichlich kochendem Salzwasser nach Packungsangabe bissfest garen, abgießen. Mandeln, Dressing, Petersilie und Schnittlauch unter die warmen Risoni mischen und mit dem Brokkoli in eine große Schüssel füllen. In tiefen Salatschüsseln servieren. Jede Portion mit Parmesan und 1 gebratenen Knoblauchzehe garnieren.

Für 6 Personen

Variante: Mit einigen gegarten und geschälten Garnelen bekommt dieser Salat eine ganz besondere Note.

Gurken-Oliven-Salat

4 kleine Gurken
½ TL Salz
1 rote Zwiebel
3 TL Zucker
1 EL Rotweinessig
3 EL Olivenöl
½ TL fein zerbröselter getrockneter za'tar (wilder Thymian) oder 1 TL fein gehackter Zitronenthymian
frisch gemahlener schwarzer Pfeffer
100 g schwarze Oliven
arabisches Brot zum Servieren

Die Gurken waschen und mit Küchenpapier abtrocknen. Falls die Schale zart ist, Gurken nicht schälen. Grob raspeln, mit ½ TL Salz vermischen und in einem Sieb gründlich abtropfen lassen.

Zwiebel halbieren und fein hacken. Mit dem Zucker zu den Gurken geben und vermengen.

In einer kleinen Schüssel Rotweinessig und Olivenöl verrühren, za'tar und frisch gemahlenen schwarzen Pfeffer nach Geschmack hinzufügen. Zutaten verrühren und über die Gurken gießen. Abdecken und 15 Minuten kühl stellen. Mit Oliven garnieren und mit arabischem Brot servieren.

Für 4 Personen

Bunter Salat

6 sehr kleine Rote Beten
200 g Brokkoli, in kleine Röschen geteilt
6 Frühkartoffeln
6 Kopfsalatblätter, in Stücke gezupft
1 geröstete rote Paprikaschote, in 1 cm breite Streifen geschnitten (siehe Tipp)
125 g kleine gelbe Eiertomaten, halbiert
125 g Cocktailtomaten, halbiert
½ rote Zwiebel, in dünne Halbringe geschnitten
1 EL gehackter Estragon
3 EL bestes Olivenöl
2 EL Balsamico-Essig
½ TL körniger Senf

Rote Beten einzeln in Alufolie wickeln. Mit Brokkoliröschen und Kartoffeln in einen Dämpfkorb geben. Den Korb schließen und in den Wok oder in einen Topf über kochendes Wasser setzen. Brokkoliröschen nach 2–3 Minuten herausnehmen, die Kartoffeln nach 20 Minuten und die Roten Beten nach 40 Minuten. Falls nötig, Wasser nachgießen. Gemüse und Kartoffeln abkühlen lassen. Kartoffeln und Rote Beten pellen bzw. schälen und vierteln.

Eine Platte mit den Salatblättern belegen. Rote Bete, Brokkoliröschen, Kartoffeln, Paprika, Tomaten, Zwiebel und Estragon darauf anrichten.

Öl, Essig und Senf sowie Salz und Pfeffer aus der Mühle in ein Schraubdeckelglas geben. Das Glas schließen und kräftig schütteln. Dressing auf den Salat gießen und den Salat sofort servieren.

Für 6 Personen

Tipp: Die Paprikaschoten zum Rösten putzen und in Stücke schneiden. Die Stücke mit den Hautseiten nach oben unter den heißen Grill schieben. Grillen, bis die Haut verkohlt ist und Blasen wirft. In einem Gefrierbeutel abkühlen lassen, dann häuten und in Streifen schneiden.

Süßkartoffel-Kürbis-Salat mit Spinat

800 g orange Süßkartoffeln, halbiert oder geviertelt und in 1 cm dicke Scheiben geschnitten
350 g kleine Patisson-Kürbisse, längs in je 4 Stücke geschnitten
150 g Blattspinat
60 g gehobelte Mandeln, geröstet
6 dicke Frühlingszwiebeln, nur die weißen und hellgrünen Teile, in dünne Ringe geschnitten
1 große Handvoll Korianderblätter

Dressing
Schale von ¼ eingelegten Zitrone, fein gehackt
2 TL Honig
1 Knoblauchzehe, fein gewürfelt
½ TL gemahlener Kreuzkümmel
½ TL gemahlener Koriander
2 EL Apfelessig
3 EL Olivenöl

Den Boden eines großen Dämpfkorbs mit Backpapier belegen. In das Papier Löcher stechen. Die Süßkartoffelstücke in den Korb geben. Den Korb schließen und in den Wok oder in einen Topf über kochendes Wasser setzen. Süßkartoffelstücke etwa 12 Minuten dämpfen, bis sie weich sind, dann aus dem Korb nehmen und etwas abkühlen lassen. Kürbisstücke etwa 3 Minuten dämpfen, bis sie knapp gar sind. Herausnehmen und ebenfalls etwas abkühlen lassen.

Inzwischen für das Dressing Zitronenschale, Honig, Knoblauch, Kreuzkümmel, Koriander und Essig sowie Salz und Pfeffer aus der Mühle in einer Schüssel verrühren. Unter ständigem Schlagen mit einem Schneebesen das Öl hinzufügen.

Süßkartoffeln, Kürbis, Spinat, Mandeln, Frühlingszwiebeln und Korianderblätter in einer Schüssel behutsam mischen. Das Dressing dazugießen und vorsichtig untermischen. Den Salat auf einer Platte anrichten und servieren.

Für 4 Personen

Auberginensalat Caponata

1 kg Auberginen, in Würfel geschnitten
185 ml Olivenöl
200 g Zucchini, in Würfel geschnitten
1 rote Paprikaschote, in schmale Streifen geschnitten
2 Zwiebeln, in feine Ringe geschnitten
4 Stangen Sellerie, in feine Scheiben geschnitten
400 g stückige Tomaten aus der Dose
3 EL Rotweinessig
2 EL Zucker
2 EL abgetropfte, abgespülte eingelegte Kapern
24 grüne Oliven, entsteint, oder mit Paprika gefüllte grüne Oliven
2 EL Pinienkerne, geröstet

Die Auberginen in einem Sieb mit Salz bestreuen und abtropfen lassen. In einer Pfanne 3 EL Olivenöl erhitzen. Zucchini und Paprikaschote 5–6 Minuten darin anbraten, bis die Zucchini leicht gebräunt sind. In eine Schüssel umfüllen. Öl in die Pfanne geben und die Zwiebel und den Sellerie 6–8 Minuten darin anschwitzen. In die Schüssel zu dem anderen Gemüse geben.

Die Auberginen abspülen und trockentupfen. 3 EL Öl in die Pfanne gießen, die Temperatur erhöhen und die Auberginen portionsweise im heißen Fett bräunen. Auf Küchenpapier entfetten und beiseitestellen.

Überschüssiges Öl aus der Pfanne abgießen und das Gemüse – ausgenommen die Auberginen – zurück in die Pfanne geben. Die Tomaten mit 3 EL Wasser einfüllen und bei reduzierter Hitze 10 Minuten köcheln lassen. Die restlichen Zutaten mit den Auberginen hinzufügen und durchmischen. Vom Herd nehmen, die Caponata abkühlen lassen und abgedeckt 24 Stunden kalt stellen. Vor dem Servieren mit Pfeffer und weiterem Essig abschmecken.

Für 8 Personen

Aufbewahrung: Die Caponata hält sich abgedeckt im Kühlschrank bis zu fünf Tage.

Fenchel-Kartoffel-Salat mit geräucherter Forelle

750 g Frühkartoffeln
125 g Mayonnaise
1½ EL Limettensaft
1 TL abgeriebene unbehandelte Limettenschale
3 EL gehackte glatte Petersilie
1 EL Rotweinessig
2 TL Zucker
4 EL Olivenöl
1 große Fenchelknolle, in Streifen geschnitten
1 rote Zwiebel, in dünne Ringe geschnitten
100 g Rucola
1 EL Kapern
1 geräucherte Forelle (etwa 350 g), gehäutet und entgrätet, die Filets in mundgerechte Stücke zerpflückt oder 2 geräucherte Forellenfilets

Die Kartoffeln in einen Dämpfkorb geben. Den Korb schließen und in den Wok oder in einen Topf über kochendes Wasser setzen. 20–25 Minuten dämpfen, bis die Kartoffeln knapp gar, aber nicht zu weich sind. 5 Minuten abkühlen lassen, dann in 1–2 cm dicke Scheiben schneiden.

Inzwischen die Mayonnaise mit Limettensaft, -schale und Petersilie verrühren und mit Salz und schwarzem Pfeffer abschmecken.

Den Essig mit dem Zucker sowie Salz und schwarzem Pfeffer aus der Mühle in eine Schüssel geben. Mit einem Schneebesen gut verrühren. Unter ständigem Schlagen nach und nach das Öl dazugießen. Weiterschlagen, bis eine cremige Vinaigrette entstanden ist. Sollte sie zu dickflüssig sein, 1–2 EL warmes Wasser unterrühren.

Fenchel, Zwiebel, Rucola und Kapern in die Vinaigrette geben. Die Kartoffelscheiben und die Hälfte der Forellenfilets behutsam untermischen.

Den Salat auf Portionsteller verteilen und die restlichen Forellenfiletstücke darauf anrichten. Die Portionen mit der Limetten-Mayonnaise beträufeln. Zu diesem Salat passt knuspriges Brot.

Für 4–6 Personen

Scharfer Salat mit Lamm

600 g Kürbis, geschält und in 3 cm breite Spalten geschnitten
1 Knolle Knoblauch
6 EL Olivenöl
2 Lammlachse (Lammrückenfilets) (je 200 g)
1 EL Zitronensaft
100 g junge Spinatblätter
100 g grüne Oliven, entsteint
100 g Ziegenkäse, zerkrümelt

Gewürzmischung
2 TL Cayennepfeffer
2 TL edelsüßes Paprikapulver
1 TL Senfpulver
1 TL gemahlener Koriander
1 TL Salz
¼ TL frisch zerstoßener schwarzer Pfeffer
½ TL gemahlener Kreuzkümmel
1 TL getrockneter Thymian
1 TL brauner Zucker

Den Backofen auf 190 °C vorheizen. Kürbisstücke und Knoblauchknolle auf ein mit Backpapier ausgelegtes Backblech legen, mit 1 EL Olivenöl beträufeln und mit Salz und Pfeffer würzen. 45–50 Minuten backen, bis der Knoblauch weich und der Kürbis weich und goldbraun ist.

Alle Zutaten für die Gewürzmischung verrühren. Die Lammlachse auf beiden Seiten mit 1 EL Gewürzmischung bestreuen. Eine Grillplatte oder Grillpfanne mittelstark bis stark erhitzen. Das Lammfleisch mit 1 EL Öl beträufeln und 2–3 Minuten pro Seite grillen oder braten, bis es medium-rare ist (etwas länger grillen, wenn es stärker durchgebraten sein soll). In Alufolie wickeln und 5 Minuten ruhen lassen. In Scheiben schneiden.

Das untere Ende der Knoblauchknolle abschneiden, das Fleisch herausdrücken und mit 2 EL Öl zu einer glatten Paste pürieren. Das übrige Öl hinzufügen und weiter pürieren. Zitronensaft und 1 EL heißes Wasser unterrühren und abschmecken.

In einer großen Schüssel Spinat, Kürbis, Lammfleisch, Oliven, Ziegenkäse und Dressing behutsam mischen. Auf vier Teller verteilen und sofort servieren.

Für 4 Personen

Tomaten-Zwiebel-Paprika-Salat

2 grüne Paprikaschoten
4 Strauchtomaten
1 rote Zwiebel
1 Knoblauchzehe, fein gehackt
2 EL fein gehackte glatte Petersilie
80 ml Olivenöl
1 EL Rotweinessig

Die Paprikaschoten in große flache Stücke schneiden und Samen und weiße Scheidewände entfernen. Die Stücke mit der Haut nach oben im Backofen grillen, bis die Haut geschwärzt ist. Wenden und 2–3 Minuten von der anderen Seite rösten. Gegarte Paprikaschoten in einen Gefrierbeutel geben und abkühlen lassen. Die versengte Haut abziehen und das Fleisch in kurze Streifen schneiden. In eine Schüssel geben.

Die Tomaten schälen: Dazu an der Unterseite kreuzweise einritzen, 20 Sekunden in eine Schüssel mit kochendem Wasser geben und in einer Schale mit Eiswasser abschrecken. Herausnehmen und die Haut abziehen – sie sollte sich leicht lösen. Die Tomaten quer halbieren und Samen herausdrücken. Die Zwiebel längs halbieren, das Wurzelende entfernen, in dünne Keile schneiden. Zusammen mit Knoblauch und Petersilie in die Schüssel geben.

Olivenöl mit dem Rotweinessig verrühren und ½ TL Salz und reichlich frisch gemahlenen schwarzen Pfeffer hinzufügen. Das Dressing über die Salatzutaten gießen und gut vermengen.

Für 4 Personen

Möhren-Orangen-Salat

3 süße Orangen
500 g Möhren
2 EL Zitronensaft
1 TL gemahlener Zimt, plus Zimt zum Servieren
1 EL Zucker
1 EL Orangenblütenwasser
1 Prise Salz
kleine Minzeblättchen zum Servieren

Ober- und Unterseiten der Orangen kappen. Mit einem scharfen Messer schälen, die weiße Haut vollständig entfernen und durch die dünnen Häutchen schneiden, um das Fruchtfleisch freizulegen. Orange über eine Schüssel halten, um den Saft aufzufangen, und filieren, indem man zwischen die Häutchen sticht und das Fruchtfleisch herauslöst. Kerne entfernen und die Spalten in die Schüssel geben. Orangenreste auspressen. Den Saft in eine andere Schüssel gießen.

Mit einem scharfen Messer Möhren schälen und in Juliennestreifen schneiden. In die Schüssel zu dem Orangensaft geben. Zitronensaft, Zimt, Zucker, Orangenblütenwasser und 1 kleine Prise Salz hinzufügen. Gut umrühren, damit sich die Aromen verbinden. Möhrenmischung und Orangen abdecken und bis zum Verzehr kühl stellen.

Vor dem Servieren den Saft abgießen, der sich in der Orangenschüssel angesammelt hat, und die Orangenspalten um den Rand einer Servierplatte legen. Möhren-Juliennestreifen in der Mitte aufhäufen und mit Minzeblättchen bestreuen. Die Orangen leicht mit Zimt bestäuben.

Für 6 Personen

Russischer Salat

Mayonnaise
2 Eigelb
1 TL Dijonsenf
125 ml mildes natives Olivenöl extra
2 EL Zitronensaft
2 kleine Knoblauchzehen, zerdrückt

3 eingelegte Artischockenherzen (aus der Dose), abgetropft
3 vorwiegend festkochende Kartoffeln (z. B. Desiree), ungeschält
100 g junge grüne Bohnen, geputzt und in 1 cm lange Stücke geschnitten
1 große Möhre, in 1 cm große Würfel geschnitten
125 g frische Erbsen
30 g Cornichons, gehackt
2 EL kleine Kapern, abgespült und abgetropft
4 Sardellenfilets, fein gehackt
10 schwarze Oliven, entsteint und in je 3 Scheiben geschnitten
ganze schwarze Oliven zum Garnieren

Für die Mayonnaise Eigelbe, Senf und ¼ Teelöffel Salz mit dem elektrischen Handrührgerät schaumig schlagen. Nach und nach in einem dünnen Strahl das Olivenöl zugießen und sorgfältig unterrühren. Zitronensaft, Knoblauch und 1 TL heißes Wasser zugeben und etwa 1 Minute weiterrühren, bis sich sämtliche Zutaten gleichmäßig verbunden haben. Mit Salz abschmecken.

Die Artischockenherzen vierteln. Die Kartoffeln waschen und in 15–20 Minuten bissfest garen. Abgießen, abkühlen lassen und schälen. Die vollständig erkalteten Kartoffeln in 1 cm große Würfel schneiden.

Die grünen Bohnen in kochendem Salzwasser bissfest garen, kalt abschrecken und abtropfen lassen. Mit der Möhre und den Erbsen in gleicher Weise verfahren.

Von jeder Gemüsesorte und den Cornichons eine kleine Menge zum Garnieren beiseitestellen. Den Rest in einer großen Schüssel mit den Kapern, den Sardellen und den schwarzen Oliven mischen. Die Mayonnaise zugeben und gründlich unterheben. Auf einer Platte oder auf Tellern anrichten, mit dem Gemüse und den schwarzen Oliven garnieren und servieren.

Für 4–6 Personen

Suppen

Topinambursuppe mit gebackenem Knoblauch

1 Knoblauchknolle
2 EL Butter
1 EL Olivenöl
1 Zwiebel, gewürfelt
1 Lauchstange, nur der weiße Teil, gewaschen und fein gehackt
1 Selleriestange, gewürfelt
700 g Topinambur, geschält und gewürfelt
1 kleine Kartoffel, gewürfelt
1,5 l Gemüsebrühe
Olivenöl und Schnittlauchröllchen, zum Servieren

Den Backofen auf 200 °C vorheizen. Das Wurzelende der Knoblauchknolle abschneiden. Den Knoblauch in Alufolie wickeln und in 30 Minuten im Ofen weich backen. Etwas abkühlen lassen, Alufolie entfernen und die Knoblauchzehen aus den Schalen drücken. Beiseitestellen.

In einem großen Topf Butter und Öl erhitzen. Zwiebel, Lauch und Sellerie hineingeben, salzen und in 10 Minuten weich braten. Topinambur, Kartoffel und Knoblauch hinzufügen und weitere 10 Minuten braten. Die Brühe dazugießen, aufkochen lassen und bei schwacher Hitze 30 Minuten köcheln lassen, bis das Gemüse weich ist.

Alles im Mixer glatt pürieren, mit Salz und Pfeffer abschmecken. Zum Servieren mit Olivenöl beträufeln und mit Schnittlauchröllchen bestreuen. Dazu passt knuspriges warmes Brot.

Für 4 Personen

Grüne Suppe mit Pesto

60 ml Olivenöl
1 Zwiebel, fein gewürfelt
2 Knoblauchzehen, zerdrückt
1 Selleriestange, gewürfelt
1 Zucchini, in 1 cm dicke Scheiben geschnitten
1 Brokkoli, Röschen und Stiele in 1 cm große Stücke geschnitten
1,5 l Gemüsebrühe
150 g grüne Bohnen, geputzt und in 1 cm lange Stücke geschnitten
150 g Erbsen
150 g grüner Spargel, geputzt und in 1 cm lange Stücke geschnitten
80 g Mangold, in feine Streifen geschnitten

Pesto
3 Knoblauchzehen, geschält
20 g Basilikumblätter
80 ml Olivenöl
50 g geriebener Parmesan

Das Olivenöl in einem großen Topf erhitzen. Zwiebel, Knoblauch und Sellerie darin goldgelb braten. Zucchini und Brokkoli hinzufügen und 5 Minuten mitgaren.

Die Brühe dazugießen und zum Kochen bringen. 5 Minuten köcheln lassen, dann grüne Bohnen, Erbsen, Spargel und Mangold dazugeben. 5 Minuten köcheln lassen, bis das Gemüse weich ist. Mit reichlich Salz und Pfeffer würzen.

Für das Pesto Knoblauch und Basilikum im Mörser oder in einer kleinen Küchenmaschine zerkleinern. Langsam das Öl dazugießen und alles zu einer glatten Paste verarbeiten. Den Parmesan untermischen und mit reichlich Salz und Pfeffer würzen. Die Suppe mit der Schöpfkelle auf Schüsseln verteilen und mit Pesto servieren.

Für 2–4 Personen

Gemüsesuppe

100 g getrocknete rote Kidney- oder Borlottibohnen
1 EL Olivenöl
1 Stange Lauch, längs halbiert und in Scheiben geschnitten
1 kleine Zwiebel, gewürfelt
2 Möhren, gewürfelt
2 Stangen Sellerie, gewürfelt
1 große Zucchini, gewürfelt
1 EL Tomatenmark
1 l Gemüsefond
400 g Kürbisfruchtfleisch, gewürfelt
2 Kartoffeln, gewürfelt
3 EL gehackte frische glatte Petersilie

Die Bohnen über Nacht in kaltem Wasser einweichen. Abgießen und abspülen. In einem Topf mit kaltem Wasser bedecken und in etwa 45 Minuten weich kochen. Abseihen.

Inzwischen das Öl in einem großen Topf erhitzen. Lauch und Zwiebel einfüllen und bei mittlerer Temperatur 2–3 Minuten anschwitzen, bis sie etwas weich werden. Möhren, Sellerie und Zucchini zufügen und 3–4 Minuten mitgaren. Das Tomatenmark einrühren und 1 Minute weiterrühren. Mit dem Fond und 1,25 l Wasser ablöschen, aufkochen, anschließend das Gemüse bei schwacher Hitze 20 Minuten köcheln lassen.

Kürbis, Kartoffeln, Petersilie und die Bohnen dazugeben und alles weitere 20 Minuten köcheln lassen, bis das Gemüse weich und die Bohnen gar sind. Die Suppe mit Salz und Pfeffer abschmecken und sofort servieren. Dazu knusprig gebackenes Vollkornbrot reichen.

Für 6 Personen

Tipp: Um Zeit zu sparen, können Sie auch Kidneybohnen aus der Dose (420 g) verwenden. Die Bohnen gut abspülen und abtropfen lassen, bevor Sie sie in die Suppe geben.

Spargelcremesuppe

1 kg grüne Spargelstangen
30 g Butter
1 Zwiebel, fein gewürfelt
1 l Gemüsefond (Fertigprodukt)
1 kleine Handvoll frische Basilikumblätter, gehackt
1 TL Selleriesalz
250 g Sahne

Die holzigen Enden der Spargelstangen abbrechen und wegwerfen. Die Spargelspitzen abschneiden und 1–2 Minuten blanchieren. Kalt abschrecken und beiseitestellen.

Die Spargelstangen in größere Stücke schneiden. In einem großen Topf die Butter zerlassen und die Zwiebel bei mittlerer Temperatur in 3–4 Minuten weich und goldgelb schwitzen. Die Spargelstücke dazugeben und unter Rühren 1–2 Minuten mitgaren.

Den Gemüsefond angießen, das Basilikum und das Selleriesalz einstreuen. Aufkochen, anschließend bei reduzierter Hitze im verschlossenen Topf 30 Minuten köcheln lassen. Wenn der Spargel weich ist, den Topf vom Herd nehmen und etwas abkühlen lassen. Andernfalls weitere 10 Minuten köcheln lassen.

Den Fond mit den Spargelstücken portionsweise in der Küchenmaschine glatt pürieren. Durch ein Sieb in einen sauberen Topf passieren. Die Sahne einrühren und die Suppe behutsam erhitzen, aber nicht mehr kochen lassen. Mit Salz und Pfeffer abschmecken. Die blanchierten Spargelspitzen dazugeben und sofort servieren.

Für 4–6 Personen

Tipp: Gemüsefond kann sehr salzig sein. Vor dem Würzen die Suppe probieren.

Karamellisierte Zwiebel-Pastinaken-Suppe

30 g Butter
3 große Zwiebeln, in dünne Ringe geschnitten
2 EL brauner Zucker
250 ml trockener Weißwein
3 große Pastinaken, geschält und gewürfelt
1,25 l Gemüsebrühe
60 g Sahne
Thymianblättchen, zum Garnieren

Die Butter in einem großen Topf zerlassen. Zwiebeln mit Zucker dazugeben und bei schwacher Hitze in 10 Minuten glasig werden lassen. Wein und Pastinaken hinzufügen und zugedeckt 20 Minuten köcheln lassen, bis die Zwiebeln und die Pastinaken goldgelb und weich sind.

Die Brühe angießen und aufkochen lassen. Die Hitze reduzieren und das Ganze zugedeckt 10 Minuten köcheln lassen. Leicht abgekühlt im Mixer oder in der Küchenmaschine portionsweise pürieren und würzen. Die Suppe zum Schluss mit etwas Sahne beträufeln und mit Thymianblättchen garnieren. Dazu knusprig getoastete Brotscheiben servieren.

Für 4 Personen

Möhren-Ingwer-Suppe

750 ml Gemüsebrühe
1 EL ÖL
1 Zwiebel, gehackt
1 EL geriebener Ingwer
1 kg Möhren, gewürfelt
2 EL gehackte Korianderblätter

Die Gemüsebrühe in einem Topf zum Kochen bringen. Das Öl in einer tiefen schweren Pfanne erhitzen. Zwiebel und Ingwer darin 2 Minuten braten, bis die Zwiebel weich ist.

Heiße Gemüsebrühe und Möhren in die Pfanne geben. Aufkochen lassen, dann 10–15 Minuten bei schwacher Hitze köcheln lassen, bis die Möhren weich sind.

Alles im Mixer oder in der Küchenmaschine glatt pürieren. Wieder in den Topf füllen; mit etwas mehr Gemüsebrühe oder Wasser verdünnen, bis die Suppe die gewünschte Konsistenz hat.

Die Korianderblätter untermischen. Die Suppe mit Salz und Pfeffer abschmecken. Vor dem Servieren noch einmal schwach erhitzen.

Für 4 Personen

Brunnenkressesuppe

30 g Butter
1 Zwiebel, fein gewürfelt
250 g Kartoffeln, gewürfelt
750 ml Hühnerbrühe
300 g Brunnenkresse, von groben Stielen befreit und gehackt
125 g Sahne
125 ml Milch
geriebene Muskatnuss (nach Geschmack)
Schnittlauchhalme, zum Garnieren

Die Butter in einem großen Topf zerlassen. Die Zwiebelwürfel hineingeben und bei schwacher Hitze zugedeckt glasig dünsten. Kartoffelwürfel und Brühe hinzufügen. 12–15 Minuten köcheln lassen, bis die Kartoffelwürfel weich sind. Die Brunnenkresse dazugeben und alles noch 1 Minute köcheln lassen.

Den Topf vom Herd nehmen und die Suppe etwas abkühlen lassen. In der Küchenmaschine oder direkt im Topf mit dem Stabmixer pürieren.

Die Suppe im Topf aufkochen lassen; Sahne und Milch unterrühren. Mit Muskat, Salz und Pfeffer abschmecken. Heiß werden, aber nicht mehr kochen lassen. Auf Suppenteller verteilen, mit Schnittlauchhalmen garnieren. Sofort servieren.

Für 4 Personen

Pastinakensuppe

1,25 l Gemüsebrühe
30 g Butter
1 weiße Zwiebel, geviertelt und in dünne Scheiben geschnitten
1 Lauchstange, in dünne Ringe geschnitten
500 g Pastinaken, geschält und in dünne Scheiben geschnitten
1 EL Madras-Currypulver
1 TL gemahlener Kreuzkümmel
300 g Sahne
10 g Korianderblätter

Die Gemüsebrühe in einem Topf zum Kochen bringen, dann bei schwacher Hitze köcheln lassen.

Die Butter in einem großen Topf bei mittlerer Hitze zerlassen. Zwiebel, Lauch und Pastinaken darin 5 Minuten zugedeckt dünsten. Currypulver und Kreuzkümmel hinzufügen und 1 Minute mitdünsten. Die Gemüsebrühe dazugießen und alles zugedeckt bei mittlerer Hitze etwa 10 Minuten kochen lassen, bis das Gemüse weich ist.

Die Suppe im Mixer glatt pürieren. Wieder in den Topf geben, die Sahne einrühren und bei schwacher Hitze noch einmal durchwärmen. Mit Salz und geschrotetem schwarzem Pfeffer abschmecken und mit den Korianderblättern bestreuen.

Für 6 Personen

Tipp: Diese Suppe schmeckt ohne Sahne genauso köstlich.

Currysuppe mit Gemüse

2 TL Erdnussöl
1 EL grüne Currypaste
3 Kaffirlimettenblätter
1,25 l Gemüsebrühe
650 ml Kokosmilch
600 g Butternusskürbis, geschält, in 1½ cm große Würfel geschnitten
250 g Pattissonkürbis, in Scheiben geschnitten
120 g frische Baby-Maiskolben, längs halbiert
2 EL Pilz-Sojasauce
2 EL Limettensaft
1 TL Zucker
1½ EL fein gehackte vietnamesische Minze

Das Öl in einem großen Topf erhitzen. Die Currypaste und die Kaffirlimettenblätter darin unter Rühren bei mittlerer Hitze 1 Minute anbraten. Die Brühe in einem zweiten Topf aufkochen.

Gemüsebrühe und Kokosmilch zur Currymischung gießen und zum Kochen bringen. Kürbisse und Mais hinzufügen und bei schwacher Hitze 12 Minuten köcheln lassen, bis der Kürbis weich ist.

Sojasauce und Limettensaft hinzufügen, mit Zucker, Salz und schwarzem Pfeffer abschmecken. Vor dem Servieren mit der Minze bestreuen.

Für 6 Personen

Toskanische Ribollita

60 ml natives Olivenöl extra
1 Zwiebel, in 1 cm große Würfel geschnitten
1 Möhre, in 1 cm große Würfel geschnitten
40 g Pancetta oder durchwachsener Speck, fein gewürfelt
2 Knoblauchzehen, zerdrückt
250 g Weißkohl, grob gehackt
1 EL Tomatenmark
1 Dose (400 g) gewürfelte Tomaten
400 g Mangoldblätter (ohne Stiele), gewaschen, abgetrocknet und in feine Streifen geschnitten
1 Dose (400 g) weiße Bohnen, abgespült und abgetropft
750 ml Hühnerbrühe
1 Lorbeerblatt
1 Stück Parmesanrinde (etwa 3 cm)
200 g Graubrot vom Vortag, in 1 cm große Stücke gerissen
65 g Parmesan, gehobelt

Das Öl bei mittlerer Temperatur in einer schweren Pfanne erhitzen. Zwiebel, Möhre, Pancetta, Knoblauch und Kohl darin 7 Minuten anbraten, bis das Gemüse hell gebräunt ist.

Tomatenmark, Tomaten und Mangold einrühren, danach Bohnen, Brühe, Lorbeerblatt und Parmesanrinde zufügen. Zum Kochen bringen, anschließend bei niedriger Temperatur 30 Minuten köcheln lassen, bis das Gemüse gar ist. Die Parmesanrinde herausnehmen.

Die Brotwürfel einrühren und bei geschlossenem Deckel 2–3 Minuten in der Suppe quellen lassen.

Die Suppe auf vorgewärmte Schälchen verteilen. Mit Parmesanspänen garnieren und sofort servieren.

Für 6 Personen

Erbsen-Gemüse-Suppe

1 EL Erdnussöl
1 Zwiebel, gewürfelt
2 Knoblauchzehen, fein gewürfelt
1½ TL gehackter frischer Ingwer
1½ TL Madras-Currypaste
100 g gelbe getrocknete Erbsen, gewaschen und abgetropft
1 große Zucchini, geschält und gewürfelt
1 große Möhre, gewürfelt
170 g Champignons, grob gewürfelt
1 Selleriestange, grob gewürfelt
1 l Gemüsebrühe
125 g Sahne

Das Öl in einem großen Topf erhitzen. Die Zwiebel darin bei schwacher Hitze in 5 Minuten weich braten. Knoblauch, Ingwer und Currypaste bei schwacher Hitze 2 Minuten mitbraten. Die Erbsen dazugeben und gut untermischen, dann Zucchini, Möhre, Champignons und Sellerie hinzufügen und 2 Minuten anbraten.

Die Gemüsebrühe dazugießen. Alles zum Kochen bringen und die Suppe bei schwacher Hitze im halb zugedeckten Topf etwa 1 Stunde köcheln lassen. Vom Herd nehmen und leicht abkühlen lassen.

Die Suppe in der Küchenmaschine oder im Mixer glatt pürieren. Wieder in den Topf geben, Sahne einrühren und alles vorsichtig durchwärmen. Dazu passt warmes Naan, das indische Fladenbrot.

Für 4 Personen

Fenchel-Lauch-Cremesuppe

30 g Butter
2 große Fenchelknollen, in dünne Scheiben geschnitten
2 Lauchstangen, in dünne Ringe geschnitten
1 l heiße Gemüsebrühe
2 Rosmarinzweige
⅛ TL geriebene Muskatnuss
80 g saure Sahne
25 g geriebener Parmesan
1 EL Öl
1 Lauchstange, längs halbiert und in 4 cm lange Stücke geschnitten
geriebener Parmesan
saure Sahne

Die Butter in einem großen Topf erhitzen. Fenchel und Lauch darin zugedeckt bei mittlerer Hitze 2–3 Minuten dünsten, ab und zu umrühren.

Gemüsebrühe mit Rosmarinzweigen und Muskat in einem zweiten Topf zum Kochen bringen. Bei schwacher Hitze 15 Minuten köcheln lassen, dann die Rosmarinzweige entfernen und die Lauch-Fenchel-Mischung zur Gemüsebrühe geben.

Alles im Mixer oder in der Küchenmaschine glatt pürieren. Wieder in den Topf geben, saure Sahne und Parmesan einrühren. Bei mittlerer Hitze alles kräftig durchwärmen. Mit Salz und geschrotetem schwarzem Pfeffer abschmecken. Warm stellen.

Für die Garnitur das Öl in einer Pfanne erhitzen. Den Lauch in 2–3 Minuten weich braten, aber nicht bräunen.

Die Suppe auf vorgewärmte Schüsseln verteilen und mit gebratenem Lauch, geriebenem Parmesan und saurer Sahne garnieren. Sofort servieren.

Für 6 Personen

Champignon-Schalotten-Suppe mit saurer Sahne

2 EL Butter
100 g Schalotten, grob gewürfelt
3 Knoblauchzehen, zerdrückt
30 g Petersilienblätter
300 ml Gemüsebrühe
300 ml Milch
600 g Champignons, gewürfelt
¼ TL geriebene Muskatnuss
¼ TL Cayennepfeffer
150 g saure Sahne
Cayennepfeffer, zum Garnieren

Die Butter in einem großen Topf erhitzen. Schalotten, Knoblauch und Petersilie bei mittlerer Hitze 2–3 Minuten braten. Gemüsebrühe und Milch in einem zweiten Topf zum Kochen bringen.

Die Champignons zu den Schalotten geben. Mit Salz und schwarzem Pfeffer würzen, Muskat und Cayennepfeffer hinzufügen. Unter Rühren alles 1 Minute braten. Brühe und Milch dazugießen, kurz aufkochen und bei schwacher Hitze 5 Minuten köcheln lassen. Alles im Mixer oder in der Küchenmaschine glatt pürieren. Wieder in den Topf geben.

Saure Sahne einrühren, die Suppe mit Salz und Pfeffer abschmecken und schwach erhitzen. Mit Cayennepfeffer bestreuen und servieren.

Für 4 Personen

Tipp: Zum Servieren in Butter gebratene Champignonwürfel dazu reichen.

Gemüse-Linsen-Suppe mit gewürztem Joghurt

2 EL Olivenöl
1 kleine Lauchstange, nur der weiße Teil, gehackt
2 Knoblauchzehen, zerdrückt
2 TL Currypulver
1 TL gemahlener Kreuzkümmel
1 TL Garam masala
1 l Gemüsebrühe
1 Lorbeerblatt
150 g braune Linsen
500 g Butternusskürbis, geschält und in 1 cm große Würfel geschnitten
2 Zucchini, längs halbiert und in Scheiben geschnitten
400 g Pizzatomaten aus der Dose
200 g Brokkoli, in kleine Röschen getrennt
1 kleine Möhre, gewürfelt
80 g tiefgekühlte Erbsen, aufgetaut
1 EL gehackte Minze

Gewürzter Joghurt
250 g Joghurt
1 EL gehacktes Koriandergrün
1 Knoblauchzehe, zerdrückt
3 Spritzer Tabascosauce

Das Öl in einem Topf bei mittlerer Hitze heiß werden lassen. Lauch und Knoblauch hinzufügen und in 4–5 Minuten weich und goldgelb braten. Curry, Kreuzkümmel und Garam masala dazugeben und 1 Minute mitbraten.

Gemüsebrühe, Lorbeerblatt, Linsen und Kürbis hinzufügen. Zum Kochen bringen, dann bei schwacher Hitze 10–15 Minuten köcheln lassen, bis die Linsen weich sind. Mit reichlich Salz und Pfeffer würzen.

Zucchini, Tomaten, Brokkoli, Möhre und 500 ml Wasser hinzufügen, 10 Minuten köcheln lassen, bis das Gemüse weich ist. Erbsen dazugeben und 2–3 Minuten köcheln lassen. Alle Zutaten für den Joghurt in einer kleinen Schüssel mischen. Die Suppe mit einem Klacks Joghurt und der gehackten Minze garnieren und servieren.

Für 6 Personen

Kürbissuppe mit Tomaten, Linsen und Käsecroûtons

2 EL Olivenöl
1 kg Kürbis, geschält, entkernt und in 2 cm große Würfel geschnitten
2 Möhren, fein gehackt
2 Zwiebeln, fein gehackt
1 große Selleriestange, fein gehackt
3 Knoblauchzehen, zerdrückt
1,5 l Gemüse- oder Hühnerbrühe
125 g rote Linsen
400 g gewürfelte Tomaten (aus der Dose)
1 EL fein gehackte Petersilie oder Koriandergrün

Käsecroûtons
8 Scheiben Ciabatta oder Vollkornbaguette, in 2 cm dicke Scheiben geschnitten
85 g würziger Hartkäse, fein gerieben

Das Öl bei mittlerer Temperatur in einem großen Topf erhitzen. Gemüse und Knoblauch darin 5 Minuten anschwitzen, aber nicht bräunen.

Brühe, Linsen und Tomaten einrühren. Zum Kochen bringen, dann bei niedriger bis mittlerer Temperatur 20 Minuten köcheln lassen, bis die Linsen gar sind. Kräftig mit Salz und schwarzem Pfeffer aus der Mühle abschmecken.

Inzwischen die Käsecroûtons zubereiten. Den Grill bei mittlerer Temperatur vorheizen. Die Brotscheiben auf ein Backblech legen und von einer Seite unter dem Grill rösten. Wenden und mit dem geriebenen Käse bestreuen. 3–4 Minuten grillen, bis der Käse geschmolzen und goldbraun ist.

Die Suppe in Schälchen füllen, mit Petersilie bestreuen und mit den heißen Käsecroûtons servieren.

Für 4 Personen

Kartoffel-Rucola-Suppe

1,5 l Gemüsebrühe
1,25 kg festkochende Kartoffeln (z. B. Desiree), in kleine Stücke geschnitten
2 große Knoblauchzehen, geschält
250 g Rucola
1 EL bestes Olivenöl
Rucolablätter, zum Garnieren
gehobelter Parmesan, zum Garnieren

Die Gemüsebrühe in einem großen Topf zum Kochen bringen. Kartoffeln und Knoblauch darin bei mittlerer Hitze 15 Minuten köcheln lassen, bis die Kartoffeln weich sind. Rucola dazugeben und 2 Minuten mitkochen.

Die Suppe im Mixer oder in der Küchenmaschine glatt pürieren. Wieder in den Topf geben und bei mittlerer Hitze unter Rühren gut durchwärmen. Mit Salz und geschrotetem schwarzem Pfeffer abschmecken. In vorgewärmte Teller füllen, mit Rucolablättern und Parmesanspänen garnieren. Sofort servieren.

Für 6 Personen

Süßkartoffel-Curry-Suppe

1 EL Öl
1 große Zwiebel, fein gewürfelt
2 Knoblauchzehen, zerdrückt
3 TL Currypulver
1¼ kg orangefleischige Süßkartoffeln, in Würfel geschnitten
1 l Hühnerbrühe
1 großer Apfel, geschält und gerieben
125 ml Kokosmilch

Das Öl in einem großen Topf erhitzen. Die Zwiebel bei mittlerer Hitze in 10 Minuten unter gelegentlichem Rühren darin weich braten. Knoblauch und Currypulver hinzufügen und 1 Minute mitbraten.

Süßkartoffeln, Brühe und Apfel hinzufügen. Alles kurz aufkochen lassen, dann im halb zugedeckten Topf bei schwacher Hitze 30 Minuten köcheln lassen, bis die Süßkartoffeln sehr weich sind. Abkühlen lassen.

Die Suppe portionsweise in der Küchenmaschine pürieren. In den Topf geben, die Kokosmilch untermischen und die Suppe noch einmal kurz erhitzen, aber nicht mehr aufkochen lassen. Dazu passt warmes Pitabrot.

Für 6 Personen

Zucchinisuppe mit Pesto

1 EL Olivenöl
1 große Zwiebel, fein gewürfelt
2 Knoblauchzehen, zerdrückt
750 ml Gemüsebrühe
750 g Zucchini, in dünne Scheiben geschnitten
60 g Sahne
getoastetes Ciabatta, zum Servieren

Pesto
50 g Basilikumblätter
25 g geriebener Parmesan
2 EL Pinienkerne, geröstet
2 EL bestes Olivenöl

Das Öl in einem großen Topf erhitzen. Zwiebel und Knoblauch darin 5 Minuten braten, bis die Zwiebel weich ist.

Die Gemüsebrühe in einem zweiten Topf zum Kochen bringen. Zucchini und Brühe zu den Zwiebeln geben und aufkochen. Bei schwacher Hitze zugedeckt 10 Minuten köcheln lassen, bis die Zucchini sehr weich sind.

Für das Pesto Basilikum, Parmesan und Pinienkerne im Mixer 20 Sekunden grob zerkleinern. Nach und nach das Olivenöl hinzufügen und alles zu einer glatten Paste verarbeiten. In eine kleine Schüssel füllen.

Zucchinimischung im Mixer oder in der Küchenmaschine glatt pürieren. Wieder in den Topf geben, Sahne und 2 EL Pesto einrühren und bei mittlerer Hitze erwärmen. Die Suppe mit Salz und Pfeffer abschmecken, mit getoastetem Ciabatta servieren. Das restliche Pesto in einer Schüssel dazu reichen. Es lässt sich mit Olivenöl bedeckt auch bis zu 1 Woche im Kühlschrank aufbewahren.

Für 4 Personen

Minestrone mit Pesto

125 g getrocknete Borlotti- oder andere braune Bohnenkerne
1 große Zwiebel, in Stücke geschnitten
2 Knoblauchzehen, geschält
3 EL gehackte Petersilie
50 g Pancetta oder durchwachsener Speck, gewürfelt
3 EL Olivenöl
1 Selleriestange, längs halbiert, die Hälften quer in 1 cm dicke Scheiben geschnitten
1 Möhre, längs halbiert, die Hälften quer in 1 cm dicke Scheiben geschnitten
1 Kartoffel, gewürfelt
2 TL Tomatenmark
1 Dose gehackte Tomaten (400 g)
6 Basilikumblätter, in Stücke gezupft
2 l Hühner- oder Gemüsebrühe
2 dünne Zucchini, in dicken Scheiben
100 g junge Erbsen
50 g grüne Bohnen, in kurzen Stücken
100 g Blattmangold, in Streifen geschnitten
75 g italienische Suppennudeln (z. B. Ditalini)

Pesto
1 sehr große Handvoll Basilikumblätter
1 EL Pinienkerne, leicht geröstet
2 Knoblauchzehen, geschält
100 ml Olivenöl
30 g Parmesan, gerieben

Die Bohnenkerne in eine Schüssel geben, mit kaltem Wasser bedecken und über Nacht einweichen. Am nächsten Tag in ein Sieb schütten und kalt abspülen.

Zwiebel, Knoblauch, Petersilie und Speck im Blitzhacker fein zerkleinern. Das Öl in einem Topf bei schwacher Hitze heiß werden lassen. Die Speckmischung darin unter gelegentlichem Rühren 8–10 Minuten braten.

Sellerie, Möhre und Kartoffel hinzufügen und 5 Minuten mitbraten, dann Tomatenmark, Tomaten, Basilikum, Bohnenkerne sowie Pfeffer nach Geschmack dazugeben. Die Brühe angießen. Aufkochen, alles unter gelegentlichem Rühren zugedeckt 1½ Stunden köcheln lassen.

Die Suppe salzen. Zucchini, Erbsen, grüne Bohnen, Mangold und Nudeln hineingeben und mitkochen, bis Gemüse und Nudeln bissfest sind.

Für das Pesto das Basilikum mit Pinienkernen, Knoblauch und 1 Prise Salz im Blitzhacker fein zerkleinern. Nach und nach das Öl dazugießen. In eine Schüssel geben, Parmesan und Pfeffer nach Geschmack unterrühren. Die Suppe auf Schalen verteilen und mit dem Pesto garnieren.

Für 6 Personen

Französische Gemüsesuppe mit Nudeln

1 Aubergine, gewürfelt
1 EL Olivenöl
1 große Zwiebel, gewürfelt
1 große rote Paprikaschote, gewürfelt
1 große grüne Paprikaschote, gewürfelt
2 Knoblauchzehen, zerdrückt
3 Zucchini, in Scheiben geschnitten
2 Dosen gehackte Tomaten (je 400 g)
1 TL getrockneter Oregano
½ TL getrockneter Thymian
1 l Gemüsebrühe
50 g Hörnchennudeln
geriebener Parmesan, zum Servieren

Die Auberginenwürfel in einem Sieb großzügig mit Salz bestreuen. 20 Minuten ziehen lassen, dann abspülen und mit Küchenpapier trocken tupfen.

Das Öl in einem großen Topf erhitzen. Die Zwiebelwürfel darin in etwa 10 Minuten braten, bis sie etwas Farbe angenommen haben. Paprika, Knoblauch, Zucchini und Aubergine hinzufügen und 5 Minuten mitbraten.

Tomaten und Kräuter dazugeben. Die Brühe angießen. Aufkochen, dann bei schwacher Hitze 10 Minuten köcheln lassen, bis das Gemüse weich ist. Die Nudeln in die Suppe geben und darin in etwa 15 Minuten bissfest garen. Die Suppe mit geriebenem Parmesan servieren.

Für 6 Personen

Aufbewahren: Die Suppe hält sich im Kühlschrank bis zu 2 Tage lang.

Kartoffel-Mais-Suppe mit Garnelen

600 g rohe mittelgroße Garnelen
3 Maiskolben
1 EL Olivenöl
2 Stangen Lauch, nur der helle Teil, fein gewürfelt
2 Knoblauchzehen, zerdrückt
650 g Kartoffeln, in 1,5 cm große Würfel geschnitten
750 ml Fisch- oder Geflügelfond
375 ml Milch
250 g Sahne
1 Prise Cayennepfeffer
3 EL fein gehackte glatte Petersilie

Die Garnelen aus den Schalen brechen, entdarmen und in 1,5 cm große Stücke schneiden.

Die Maiskörner mit einem Messer vom Kolben schaben. Das Öl in einem großen Topf erhitzen und den Lauch darin bei mittlerer bis schwacher Hitze etwa 5 Minuten braten, bis er weich und leicht hellgelb ist. Den Knoblauch 30 Sekunden mitbraten. Mais, Kartoffeln, Fond und Milch dazugeben.

Die Suppe aufkochen und halb zugedeckt 10–12 Minuten köcheln lassen, bis die Kartoffeln knapp gar sind (dabei zerfallen sie schon leicht). Die Suppe offen in 10 Minuten einkochen lassen. Die Hitze reduzieren. 500 ml Suppe in den Mixer geben und sehr fein pürieren.

In den Topf zurückgeben und Garnelen hinzufügen. Hitze etwas erhöhen und Suppe 2 Minuten köcheln lassen, bis die Garnelen rosa und gar sind. Sahne, Pfeffer und 2 EL Petersilie unterrühren. Die Suppe mit Salz abschmecken, mit der restlichen Petersilie garnieren und servieren.

Für 4–6 Personen

Erbsen-Rucola-Suppe

1 EL Olivenöl
1 rote Zwiebel, fein gewürfelt
700 g tiefgekühlte Erbsen
100 g Rucola
750 ml heiße Gemüsebrühe
gehobelter Parmesan, zum Garnieren
Rucola, zum Garnieren

Das Öl in einem großen Topf erhitzen. Die Zwiebel darin bei mittlerer Hitze 5 Minuten braten, bis sie weich ist. Erbsen und Rucola dazugeben und 2 Minuten mitbraten. Gemüsebrühe und 250 ml Wasser angießen und aufkochen lassen. Die Suppe etwa 20 Minuten köcheln lassen.

Die Suppe leicht abkühlen lassen. Portionsweise in der Küchenmaschine oder im Mixer fast glatt pürieren. In den gesäuberten Topf zurückgießen und nochmals erwärmen. Mit Parmesanspänen und Rucola garnieren und servieren.

Für 4 Personen

Japanische Gemüsesuppe mit frittiertem Tofu

400 g Ramen-Nudeln (japanische Weizennudeln)
1 EL Öl
1 EL fein gehackter frischer Ingwer
2 Knoblauchzehen, zerdrückt
150 g Austernpilze, halbiert
1 kleine Zucchini, in dünne Scheiben geschnitten
1 Stange Lauch, nur der helle Teil, längs halbiert, in dünne Scheiben geschnitten
100 g Zuckerschoten, schräg halbiert
100 g frittierte Tofutaschen (Asienladen), in streichholzgroße Streifen geschnitten
1,25 l Gemüsebrühe
1½ EL weiße Miso-Paste
2 EL helle Sojasauce
1 EL Mirin (süßer japanischer Reiswein)
100 g Mungobohnensprossen
1 TL Sesamöl
4 Frühlingszwiebeln, in dünne Ringe geschnitten
100 g Enoki-Pilze, zum Garnieren

Leicht gesalzenes Wasser in einem großen Topf aufkochen lassen. Die Nudeln darin unter Rühren (damit sie nicht zusammenkleben) in 4 Minuten knapp weich kochen. Nudeln abgießen und unter fließend kaltem Wasser gut abspülen.

Das Öl in einem großen Topf erhitzen. Ingwer, Knoblauch, Austernpilze, Zucchini, Lauch, Zuckerschoten und frittierte Tofustreifen hineingeben und 2 Minuten bei mittlerer Hitze pfannenrühren. Brühe und 300 ml Wasser angießen und aufkochen; köcheln lassen. Miso-Paste, Sojasauce und Mirin unter Rühren erhitzen. Vorsicht, nicht kochen lassen! Zum Schluss Sprossen und Sesamöl unterrühren.

Die Nudeln auf sechs Suppenschalen verteilen und diese mit der Suppe auffüllen. Vor dem Servieren mit Frühlingszwiebeln und Enoki-Pilzen garnieren.

Für 4 Personen

Asiatische Kokos-Kürbis-Suppe mit Hähnchenbrust

Paste

2 Vogelaugen-Chilischoten, Samen entfernt, grob gehackt
2 Stängel Zitronengras, nur der helle Teil, grob gehackt
4 rote Schalotten, geschält
1 EL grob gehackter frischer Ingwer
1 TL gemahlene Kurkuma
3 Kemiri- oder Macadamianusskerne (nach Belieben)

100 g Reisbandnudeln (Vermicelli)
1 EL Erdnussöl
250 g Butternusskürbis, in 2 cm große Stücke geschnitten
800 ml Kokosmilch
600 g Hähnchenbrustfilets, in Würfel geschnitten
2 EL Limettensaft
1 EL Fischsauce
100 g Mungobohnensprossen
15 g Basilikumblätter, zerpflückt
10 g Minzeblätter, zerpflückt
50 g ungesalzene Erdnusskerne, geröstet und gehackt
1 Limette, geviertelt

Alle Zutaten für die Paste mit 1 EL Wasser in der Küchenmaschine glatt pürieren.

Die Nudeln nach Packungsangabe in heißem Wasser einweichen. Wenn sie weich und weiß sind, abgießen. Inzwischen das Öl in einem Wok erhitzen, durch Schwenken darin verteilen. Die Paste hineingeben und bei schwacher Hitze 5 Minuten rühren, bis sich das Aroma entfaltet. Kürbis und Kokosmilch dazugeben und 10 Minuten köcheln lassen. Das Fleisch hinzufügen und 20 Minuten garen lassen. Zum Schluss Limettensaft und Fischsauce unterrühren.

Die Nudeln auf vier tiefe Suppenschalen verteilen und die Suppe darübergießen. Mit Sprossen, Basilikum, Minze, Erdnüssen und Limetten anrichten.

Für 4 Personen

Karibische Fischsuppe

2 Tomaten
2 EL Öl
4 Schalotten, fein gewürfelt
2 Selleriestangen, gehackt
1 große rote Paprikaschote, gewürfelt
1 rote Chilischote, von den Samen befreit und gehackt
½ TL gemahlenes Piment
½ TL geriebene Muskatnuss
800 ml Fischfond
300 g orangefarbene Süßkartoffeln, geschält und gewürfelt
60 ml Limettensaft
500 g Filet von Kabeljau, Brasse oder Dorade, ohne Haut, in Stücke geschnitten

Die Tomaten am runden Ende kreuzförmig einschneiden. Für 30 Sekunden in kochendes Wasser geben, dann kalt abschrecken. Abgießen, häuten, von den Samen befreien und hacken, den dabei austretenden Saft auffangen.

Das Öl in einem großen Topf erhitzen. Schalotten, Sellerie, Paprika, Chili, Piment und Muskat hineingeben und unter gelegentlichem Rühren bei starker Hitze 4–5 Minuten dünsten, bis das Gemüse weich ist. Tomaten mitsamt dem Saft sowie den Fischfond dazugeben und alles aufkochen lassen. Bei mittlerer Hitze die Süßkartoffelwürfel hinzufügen. Das Ganze mit Salz und Pfeffer aus der Mühle würzen. 15 Minuten köcheln lassen, bis die Kartoffeln gar sind.

Limettensaft und Fisch in den Topf geben. Den Fisch in 4–5 Minuten pochieren, bis er durchgegart ist. Die Suppe abschmecken und mit reichlich knusprigem Brot servieren.

Für 6 Personen

Gemüsesuppe mit Bratwürstchen

500 g italienische Bratwurst oder andere würzige rohe Bratwurst
200 g durchwachsener Speck
1 EL Olivenöl
1 große Zwiebel, gewürfelt
3 Knoblauchzehen, zerdrückt
1 Selleriestange, längs halbiert und quer in Scheiben geschnitten
1 große Möhre, in 1 cm große Würfel geschnitten
1 Kräutersträußchen (je 1 Stängel Petersilie und Oregano, 2 Lorbeerblätter)
1 kleine rote Chilischote, längs halbiert
1 Dose Pizzatomaten (400 g)
1,75 l Hühner- oder Gemüsebrühe
300 g Rosenkohl, längs halbiert
300 g grüne Bohnen, in 3 cm lange Stücke geschnitten
300 g Dicke-Bohnen-Kerne, frisch und gehäutet oder tiefgekühlt
2 EL gehackte Petersilie

Den Backofengrill vorheizen. Die Würstchen darunter in 8–10 Minuten goldbraun grillen, dabei ab und zu wenden. Herausnehmen und in 3 cm lange Stücke schneiden. (Alternativ kann man die Würstchen auch in der Pfanne braten.) Die Schwarte vom Speck abschneiden; Speck würfeln.

Das Öl in einem großen Topf bei mittlerer Hitze heiß werden lassen. Speck und Speckschwarte hineingeben und in 2–3 Minuten goldbraun braten. Zwiebel, Knoblauch, Sellerie und Möhre hinzufügen und alles bei schwacher Hitze 6–8 Minuten köcheln lassen, bis das Gemüse weich ist. Die Speckschwarte herausnehmen und wegwerfen.

Wurststücke, Kräutersträußchen, Chili und Tomaten in den Topf geben, die Mischung 5 Minuten köcheln lassen. Die Brühe dazugießen und aufkochen, dann bei schwacher Hitze 1 Stunde köcheln lassen. Rosenkohl, grüne und Dicke Bohnen hinzufügen und 30 Minuten mitköcheln. Kräutersträußchen herausnehmen und wegwerfen. Die Suppe mit Petersilie bestreuen, durchrühren und mit Salz und Pfeffer abschmecken. Auf vier Suppenteller oder Schalen verteilen und servieren.

Für 4 Personen

Borscht mit Rindfleisch

2 EL Olivenöl
500 g mageres Rinder-Suppenfleisch, in 2,5 cm große Würfel geschnitten
2 Zwiebeln, fein gehackt
1 Knoblauchzehe, fein gehackt
1 Selleriestange, fein gehackt
2 Rote Bete, abgebürstet, geputzt und halbiert
500 g Kartoffeln, geschält und in 1 cm große Würfel geschnitten
2 Möhren, grob geraspelt
300 g Wirsing, in dünne Streifen geschnitten
1 EL gehackte glatte Petersilie
1 Lorbeerblatt
1 TL Dillsamen
½ TL Selleriesamen
500 ml Rinderbrühe
2 EL Zitronensaft (nach Geschmack)
125 g saure Sahne
3 EL gehackter Dill
4 Scheiben dunkles Roggenbrot, getoastet

Das Olivenöl bei mittlerer bis hoher Temperatur in einem großen, schweren Topf erhitzen. Das Fleisch darin portionsweise 3 Minuten unter häufigem Rühren rundherum braun anbraten. Auf einen Teller umfüllen und beiseitestellen.

Zwiebel, Knoblauch und Sellerie in den Topf geben und 5 Minuten weich dünsten. Rote Bete, Kartoffeln, Möhren und Wirsing zufügen. Das Fleisch wieder in den Topf geben. Petersilie, Lorbeerblatt, Dill- und Selleriesamen unterrühren. Die Brühe und 1,5 Liter Wasser zugießen und zum Kochen bringen. Dann bei niedriger Temperatur 30–45 Minuten köcheln lassen, bis das Gemüse gar und das Fleisch zart ist.

Das Lorbeerblatt entfernen. Die Rote Bete aus dem Topf nehmen, etwas abkühlen lassen, dann die Haut abziehen. Die Rote Bete raspeln und in die Suppe rühren. Mit Salz und schwarzem Pfeffer aus der Mühle abschmecken. Den Zitronensaft einrühren.

Die saure Sahne mit 1 Esslöffel Dill verrühren und auf die getoasteten Brotscheiben streichen.

Die Suppe in vorgewärmte Schälchen füllen, mit dem restlichen Dill bestreuen und mit dem Toast servieren.

Für 6 Personen

Weißkohlsuppe

100 g getrocknete weiße Bohnenkerne
125 g durchwachsener Speck, gewürfelt
40 g Butter
1 Möhre, in Scheiben geschnitten
1 Zwiebel, gewürfelt
1 Lauchstange, nur der weiße Teil, in Ringe geschnitten
1 Mairübe oder eine andere weiße Rübe, geschält und gewürfelt
1 Kräutersträußchen
1,25 l Hühner- oder Gemüsebrühe
400 g Weißkohl, in feine Streifen geschnitten

Die Bohnen in einer Schüssel mit kaltem Wasser bedecken und über Nacht einweichen. Abgießen und abspülen. In einen Topf geben, mit kaltem Wasser bedecken, aufkochen und 5 Minuten köcheln lassen, dann abgießen. Den Speck in den Topf geben, mit Wasser bedecken und 5 Minuten köcheln lassen. Abgießen und mit Küchenpapier trocken tupfen.

Die Butter in einem großen Topf zerlassen. Den Speck darin in 5 Minuten glasig braten. Bohnen, Möhre, Zwiebel, Lauch und Rübe dazugeben und unter Rühren 5 Minuten mitbraten. Kräutersträußchen und Brühe hinzufügen, aufkochen und alles zugedeckt 30 Minuten kochen lassen. Den Weißkohl untermischen und die Suppe noch 30 Minuten köcheln lassen, bis die Bohnen weich sind. Vor dem Servieren das Kräutersträußchen herausnehmen und die Suppe mit Salz und Pfeffer abschmecken.

Für 4 Personen

Ochsenschwanzsuppe

1 kg Ochsenschwanz, in Stücke geschnitten
2 EL Öl
1 Zwiebel, fein gewürfelt
1 Lauchstange, in dünne Ringe geschnitten
2 Möhren, gewürfelt
1 Selleriestange, in Scheiben geschnitten
2 Knoblauchzehen, zerdrückt
2 Lorbeerblätter
2 EL Tomatenmark
1 Zweig Thymian
2 Stängel Petersilie
2 l Hühner- oder Gemüsebrühe
375 ml dunkles Bier
2 Tomaten, von den Samen befreit und gewürfelt
100 g Blumenkohlröschen
100 g grüne Bohnen
100 g Brokkoliröschen
100 g grüner Spargel, in 3 cm lange Stücke geschnitten

Den Backofen auf 200 °C vorheizen. Die Ochsenschwanzstücke in eine ofenfeste Form legen und im Ofen 1 Stunde braten, ab und zu wenden. Abkühlen lassen.

Das Öl in einem großen Topf erhitzen. Zwiebel, Lauch, Möhren und Sellerie darin bei mittlerer Hitze 3–4 Minuten anbraten. Knoblauch, Lorbeerblätter und Tomatenmark untermischen. Ochsenschwanzstücke, Thymian und Petersilie hinzufügen.

Die Brühe angießen und bei starker Hitze aufkochen lassen. Die Suppe bei schwacher Hitze 2 Stunden köcheln lassen, bis das Fleisch von den Knochen fällt und sehr zart ist. Währenddessen den Schaum abschöpfen, der an die Oberfläche aufsteigt. Ochsenschwanzstücke herausnehmen und etwas abkühlen lassen.

Das Fleisch von den Knochen lösen und grob würfeln. Mit Bier, Tomaten und 500 ml Wasser in die heiße Brühe geben. Das Gemüse hinzufügen und die Suppe 5 Minuten köcheln lassen, bis das Gemüse weich ist. Mit Salz und Pfeffer abschmecken.

Für 4–6 Personen

Tomaten-Paprika-Suppe mit Polentastangen

4 EL Olivenöl
2 rote Zwiebeln, fein gewürfelt
2 Knoblauchzehen, zerdrückt
1 EL gemahlener Kreuzkümmel
¼ TL Cayennepfeffer
2 TL Paprikapulver
2 rote Paprikaschoten, gewürfelt
100 g Tomatenmark
250 ml trockener Weißwein
2 Dosen Pizzatomaten (je 400 g)
2 große rote Chilischoten, von den Samen befreit und gehackt
500 ml Gemüsebrühe
3 EL gehackte Petersilie
4 EL gehackte Korianderblätter

Polenta-Oliven-Stangen
500 ml Gemüsebrühe
180 g Polenta (Maisgrieß)
100 g entsteinte Kalamata-Oliven, gewürfelt
125 ml Olivenöl, zum Frittieren

Das Öl in einem großen Topf erhitzen. Zwiebeln und Knoblauch darin bei mittlerer Hitze 2–3 Minuten anbraten.

Die Gewürze dazugeben und bei schwacher Hitze 1–2 Minuten mitbraten. Die Paprika hinzufügen und 5 Minuten mitbraten. Tomatenmark und Wein einrühren und alles 2 Minuten köcheln lassen. Tomaten, Chili, Brühe und 500 ml Wasser hinzufügen, mit Salz und Pfeffer abschmecken und 20 Minuten köcheln lassen. Die Kräuter hinzufügen und die Suppe pürieren.

Für die Polenta-Oliven-Stangen die Brühe und 500 ml Wasser in einem Topf zum Kochen bringen. Die Polenta unter Rühren einrieseln lassen. Bei schwacher Hitze unter ständigem Rühren kochen lassen, bis sich die Polenta vom Topfrand löst. Die Oliven untermischen. Die Masse auf ein gefettetes Backblech geben und glatt streichen. Zugedeckt 30 Minuten kalt stellen, bis die Polenta fest ist. In Stangen schneiden.

Das Öl in einem tiefen Topf auf 190 °C erhitzen (ein Brotwürfel bräunt darin in 10 Sekunden). Die Polentastangen darin portionsweise in 1–2 Minuten frittieren, bis sie goldgelb und knusprig sind. Auf Küchenpapier abtropfen lassen. Mit der Suppe servieren.

Für 4 Personen

Hühnersuppe mit Gemüse

1 Brathähnchen (1,5 kg)
1 Zwiebel
2 große Lauchstangen, längs halbiert
3 große Selleriestangen
5 schwarze Pfefferkörner
1 Lorbeerblatt
2 große Möhren, geschält und gewürfelt
1 Stück Steckrübe, geschält und gewürfelt
2 große Tomaten, abgezogen, von den Samen befreit und gewürfelt
150 g Perlgraupen
1 EL Tomatenmark
2 EL gehackte Petersilie

Das Hähnchen mit der Zwiebel, 1 Lauchstange, 1 halbierten Selleriestange sowie Pfefferkörnern und Lorbeerblatt in einen großen Topf geben; mit Wasser bedecken. Aufkochen lassen, dann bei schwacher Hitze 1½ Stunden köcheln lassen. Regelmäßig den Schaum abschöpfen, der an die Oberfläche aufsteigt.

Das Hähnchen aus der Brühe nehmen und abkühlen lassen. Das Fleisch von den Knochen lösen (dabei die Haut entfernen) und klein schneiden. Zugedeckt in den Kühlschrank stellen. Die Brühe durch ein Sieb gießen; wieder in den Topf schütten. Den Siebinhalt wegwerfen.

Die Brühe abkühlen lassen und über Nacht in den Kühlschrank stellen. Am nächsten Tag die Brühe entfetten und aufkochen. Den restlichen Lauch in Streifen und den restlichen Sellerie in Scheiben schneiden. Lauch, Sellerie, Möhren, Steckrübe, Tomaten, Perlgraupen und Tomatenmark in die Brühe geben. Die Suppe 45–50 Minuten köcheln lassen, bis das Gemüse weich ist. Petersilie und Hähnchenfleisch untermischen. Die Suppe noch 1 Minute köcheln lassen, mit Salz und Pfeffer abschmecken und servieren.

Für 4–6 Personen

Lammfleischsuppe mit Graupen und Wurzelgemüse

1 EL Olivenöl
1 kg Lammhachsen
2 Zwiebeln, gewürfelt
4 Knoblauchzehen, gehackt
250 ml Rotwein
2 Lorbeerblätter
1 EL gehackter Rosmarin
2,5 l Fleischbrühe
1 Dose Pizzatomaten (400 g)
150 g Perlgraupen, abgespült
1 große Möhre, gewürfelt
½ Steckrübe, gewürfelt
1 Pastinake, gewürfelt
2 EL Johannisbeergelee (nach Belieben)

Das Öl in einem großen Topf erhitzen. Die Lammhachsen darin bei starker Hitze 2–3 Minuten anbraten. Aus dem Topf nehmen.

Die Zwiebeln in den Topf geben und bei schwacher Hitze in 8 Minuten glasig dünsten. Den Knoblauch hinzufügen und 30 Sekunden mitdünsten, dann den Wein angießen und 5 Minuten köcheln lassen.

Lammhachsen, Lorbeerblätter, die Hälfte des Rosmarins und 1 l Brühe in den Topf geben. Mit Salz und Pfeffer abschmecken. Die Mischung bei starker Hitze zum Kochen bringen. Die Suppe zugedeckt bei schwacher Hitze 2 Stunden köcheln lassen, bis sich das Fleisch vom Knochen löst. Lammhachsen herausnehmen und leicht abkühlen lassen.

Das Fleisch von den Knochen lösen und grob hacken. Mit Tomaten, Graupen, restlichem Rosmarin und der übrigen Brühe in den Topf geben. Etwa 30 Minuten köcheln lassen, das Gemüse dazugeben und alles noch 1 Stunde köcheln lassen, bis die Graupen weich sind. Lorbeerblätter entfernen. Nach Belieben Johannisbeergelee unter die Suppe mischen.

Für 6 Personen

Blumenkohl-Mandel-Suppe mit heißen Käsebrötchen

75 g geschälte ganze Mandeln
1 EL Olivenöl
1 große Lauchstange (nur der weiße Teil), in Ringe geschnitten
2 Knoblauchzehen, zerdrückt
1 kg Blumenkohlröschen
2 rote Desiree-Kartoffeln, in 1,5 cm große Stücke geschnitten
1,75 l Gemüse- oder Hühnerbrühe

Käsebrötchen
4 Brötchen
40 g weiche Butter
125 g Emmentaler, gerieben
50 g Parmesan, gerieben

Den Backofen auf 180 °C vorheizen. Die Mandeln auf ein Backblech streuen und im heißen Ofen in 5 Minuten goldgelb rösten.

Inzwischen das Öl in einem großen Topf erhitzen. Den Lauch darin bei mittlerer Hitze 2–3 Minuten dünsten. Knoblauch dazugeben und 30 Sekunden mitdünsten, dann Blumenkohl, Kartoffeln und Brühe hinzufügen. Alles aufkochen und 15 Minuten bei schwacher Hitze köcheln lassen, bis das Gemüse sehr weich ist. 5 Minuten abkühlen lassen.

Mandeln dazugeben und die Suppe im Mixer oder in der Küchenmaschine glatt pürieren. Mit Salz und Pfeffer abschmecken und wieder in den Topf geben. Bei mittlerer Hitze unter Rühren erwärmen und mit den Käsebrötchen servieren.

Während die Suppe gart, für die Käsebrötchen die Brötchen längs aufschneiden, beide Hälften buttern. Emmentaler und Parmesan mischen und auf die Brötchenunterseiten verteilen. Die Oberseiten daraufsetzen und die Brötchen in Alufolie wickeln. Im Ofen 15–20 Minuten backen, bis der Käse geschmolzen ist.

Für 4 Personen

Rosenkohlcremesuppe mit Lauch

1 EL Olivenöl
2 Scheiben Frühstücksspeck (Bacon), gewürfelt
2 Knoblauchzehen, gehackt
3 Stangen Lauch (nur die weißen Teile), in Ringe geschnitten
300 g Rosenkohl, grob gehackt
750 ml Hühnerbrühe
150 g Sahne oder 150 ml Milch
4 Scheiben Weißbrot, geröstet, zum Servieren

Das Öl in einem großen Topf bei mittlerer Hitze heiß werden lassen. Die Speckwürfel darin 3 Minuten braten. Knoblauch und Lauch hinzufügen und alles zugedeckt unter häufigem Rühren 5 Minuten dünsten. Den Rosenkohl untermischen und alles zugedeckt unter häufigem Rühren weitere 5 Minuten garen.

Die Brühe sowie Salz und Pfeffer nach Geschmack dazugeben. Aufkochen und bei schwacher Hitze 10 Minuten köcheln lassen, bis das Gemüse sehr weich ist. Den Topf vom Herd nehmen und die Suppe 10 Minuten abkühlen lassen.

Die Suppe direkt im Topf mit dem Stabmixer in 25–30 Sekunden pürieren. Sahne oder Milch unterrühren und die Suppe erneut heiß werden lassen. Mit dem gerösteten Brot servieren.

Für 4 Personen

Tipp: Für Vegetarier einfach den Speck weglassen und Gemüse- statt Hühnerbrühe verwenden.

Kartoffel-Brokkoli-Suppe

500 g Brokkoli
1 EL Öl
2 Zwiebeln, fein gewürfelt
2 Knoblauchzehen, fein gewürfelt
2 TL gemahlener Kreuzkümmel
1 TL gemahlener Koriander
750 g Kartoffeln, in Stücke geschnitten
1 l Hühnerbrühe
400 ml Milch
3 EL fein gehacktes Koriandergrün

Den Brokkoli in kleine Stücke schneiden. Das Öl in einem großen Topf bei mittlerer Hitze heiß werden lassen. Die Zwiebelwürfel mit dem Knoblauch darin in etwa 5 Minuten glasig dünsten. Kreuzkümmel und gemahlenen Koriander hinzufügen und 2 Minuten mitdünsten.

Kartoffeln und Brokkoli untermischen. Die Brühe angießen. Das Ganze zugedeckt bei schwacher Hitze 20 Minuten köcheln lassen, bis Kartoffeln und Brokkoli weich sind. Die Suppe kurz abkühlen lassen, dann portionsweise im Mixer, in der Küchenmaschine oder direkt im Topf mit dem Stabmixer glatt pürieren.

Die Suppe, falls nötig, wieder in den Topf geben und die Milch unterrühren. Heiß werden, aber nicht mehr kochen lassen. Den Koriander untermischen und die Suppe vor dem Servieren mit Salz und Pfeffer abschmecken.

Für 6 Personen

Kalte Tomatensuppe (Gazpacho)

2 Scheiben Weißbrot vom Vortag, entrindet und in Stücke zerteilt
1 kg Rispentomaten, enthäutet, entkernt und gehackt
1 rote Paprikaschote, Stielansatz, Samen und Scheidewände entfernt und grob gehackt
1 kleine grüne Chilischote, Samen und Trennwände entfernt und gehackt (nach Belieben)
2 Knoblauchzehen, gehackt
1 TL Zucker
2 EL Rotweinessig plus etwas Rotweinessig zum Abschmecken
2 EL natives Olivenöl extra

Für die Garnitur
½ kleine Salatgurke, entkernt und fein gewürfelt
je ½ rote und grüne Paprikaschote, Stielansatz, Samen und Scheidewände entfernt und fein gewürfelt
½ rote Zwiebel, fein gewürfelt
½ vollreife Tomate, gewürfelt

Das Brot 5 Minuten in kaltem Wasser einweichen. Gut ausdrücken und mit den Tomaten, der Paprikaschote, der Chilischote (falls verwendet) sowie dem Knoblauch, Zucker und Essig in der Küchenmaschine pürieren, bis die Mischung glatt ist.

Bei laufendem Gerät langsam das Öl zugießen und weitermixen, bis die Suppe eine sämige Konsistenz hat. Mit Salz und Pfeffer aus der Mühle würzen und mindestens 2 Stunden in den Kühlschrank stellen. Eventuell mit einem Extraschuss Essig abrunden.

Die vorbereiteten Zutaten für die Garnitur mischen. Den gekühlten Gazpacho in Suppenschalen füllen und als Einlage etwas von der Gemüsegarnitur hineingeben. Die restliche Garnitur in separaten Schälchen dazu reichen.

Für 4 Personen

Dicke-Bohnen-Suppe

350 g getrocknete, geschälte und gespaltene Dicke Bohnen oder ganze getrocknete Dicke Bohnen
2 Knoblauchzehen, geschält
1 TL Kreuzkümmel
1 TL rosenscharfes Paprikapulver
bestes Olivenöl, Kreuzkümmel und Paprikapulver zum Servieren

Dicke Bohnen in eine große Schüssel geben, mit der dreifachen Wassermenge bedecken und etwa zwölf Stunden an einem kühlen Ort einweichen; vor dem Garen abgießen und waschen. (Bei Verwendung von ganzen Bohnen diese 48 Stunden an einem kühlen Ort einweichen, wobei man das Wasser 3–4-mal wechselt, dann abgießen und enthäuten.)

Die Bohnen in einen großen Suppentopf, am besten einen Edelstahltopf, geben. 1¼ l kaltes Wasser, Knoblauch und Gewürze hinzufügen. Zum Kochen bringen und bei schwacher Hitze mit aufgelegtem Deckel 45–60 Minuten köcheln lassen, bis die Bohnen weich sind. Zwischendurch nachsehen und gegebenenfalls noch etwas Wasser hinzufügen, wenn die Bohnen zu trocken wirken. Während des Garens weder Salz zugeben noch umrühren.

Bohnen etwas abkühlen lassen, dann portionsweise im Mixer pürieren oder mit dem Pürierstab direkt im Topf zerkleinern. Noch einmal erhitzen und abschmecken. In Schalen schöpfen und jede Suppenportion mit etwas Olivenöl beträufeln und mit Paprika bestäuben. Olivenöl und kleine Schüsseln mit Kreuzkümmel und Paprika dazustellen, damit jeder nach Geschmack nachwürzen kann. Mit Brot servieren.

Für 6 Personen

Beilagen

Spargel auf andalusische Art

500 g grüner Spargel (etwa 3 Bund)
1 dicke Scheibe knuspriges Landbrot
etwa 3 EL natives Olivenöl extra
2–3 Knoblauchzehen
12 Mandelkerne, blanchiert
1 TL edelsüßes Paprikapulver
1 TL gemahlener Kreuzkümmel
1 EL Rotwein- oder Sherryessig

Die holzigen Enden der Spargelstangen abschneiden. Das Brot entrinden und in Würfel schneiden.

Das Olivenöl in einer Pfanne erhitzen und das Brot mit Knoblauch und Mandeln darin in 2–3 Minuten bei mittlerer Hitze goldbraun rösten. Mit einem Schaumlöffel herausheben und in der Küchenmaschine mit Paprikapulver, Kreuzkümmel, Essig, 1 EL Wasser, etwas Meersalz und Pfeffer aus der Mühle verrühren. Die Pfanne wieder erhitzen (gegebenenfalls noch etwas Olivenöl hineingeben) und den Spargel darin in 3–5 Minuten bei mittlerer Hitze gerade weich garen. Die Stangen dabei häufig wenden. Den Spargel auf einer Servierplatte anrichten.

Die Mandelmischung mit 200 ml Wasser in die Pfanne geben und 2–3 Minuten köcheln lassen, bis die Flüssigkeit etwas eingedickt ist. Die Mischung auf dem Spargel verteilen und servieren.

Für 4 Personen

Möhren-Timbales mit sahniger Safran-Lauch-Sauce

60 g Butter
2 Stangen Lauch, in Ringe geschnitten
2 Knoblauchzehen, zerdrückt
1 kg Möhren, in Scheiben geschnitten
375 ml Gemüsefond
1½ EL fein gehackter frischer Salbei
3 EL Sahne
4 Eier, leicht verquirlt

Safran-Lauch-Sauce
40 g Butter
1 kleine Stange Lauch, in feine Ringe geschnitten
1 große Knoblauchzehe, zerdrückt
3 EL trockener Weißwein
1 Prise Safranfäden
100 g Crème fraîche

Den Backofen auf 170 °C vorheizen. Sechs Portionsförmchen (Timbales) von je 185 ml leicht einfetten. Die Butter in einem Topf zerlassen und den Lauch in 3–4 Minuten darin weich schwitzen. Knoblauch und Möhren 2–3 Minuten mitgaren. Den Gemüsefond und 500 ml Wasser angießen und aufkochen. 5 Minuten köcheln lassen, bis die Möhren weich sind. Abseihen, dabei 185 ml Sud auffangen.

Die Möhren-Lauch-Mischung mit 125 ml Sud und dem Salbei glatt pürieren. Abkühlen lassen, dann Sahne und Eier unterziehen. Mit Salz und Pfeffer würzen und in die Portionsförmchen füllen. Die Förmchen auf ein tiefes Backblech setzen und in das Blech so viel heißes Wasser gießen, dass sie bis zur Hälfte darin stehen. 30–40 Minuten im Ofen backen, bis die Masse fest ist.

Die Butter in einem Topf zerlassen und den Lauch 3–4 Minuten darin leicht anschwitzen. Den Knoblauch 30 Sekunden mitgaren, dann den Wein, den restlichen Sud und den Safran dazugeben. Zum Kochen bringen und bei schwacher Hitze 5 Minuten einkochen lassen. Die Crème fraîche unterrühren.

Die Timbales auf einzelne Teller stürzen und mit der Sauce servieren.

Für 6 Personen

Ausgebackenes Gemüse mit Wasabi-Sauce

Wasabi-Sauce
2 TL Wasabipaste
4 EL Sojasauce, salzreduziert

Teig
150 g Mehl
60 g Speisestärke
2 Eier
Öl, zum Frittieren
200 g orange Süßkartoffeln, in 1 cm dicke Scheiben geschnitten
200 g Möhren, in dicke Stäbchen geschnitten
175 g grüner Spargel, geputzt und in 4–5 cm lange Stücke geschnitten
100 g grüne Bohnen oder Zuckerschoten, geputzt
1 rote Paprikaschote, in große Stücke geschnitten

Wasabipaste mit Sojasauce in einer Schüssel glatt verrühren. Beiseitestellen.

Für den Teig Mehl, Speisestärke und 1 Prise Salz in einer großen Schüssel gut mischen. Die Eier mit 250 ml Eiswasser verquirlen. Verquirltes Ei zum Mehl gießen und kurz untermischen. Nicht zu lange rühren, der Teig darf noch Klümpchen haben.

Den Backofen auf 200 °C vorheizen. Das Öl in einem breiten Topf bei mittlerer bis starker Hitze auf 180 °C erhitzen (ein Brotwürfel bräunt darin in 15 Sekunden). Die Süßkartoffelstücke in den Teig tauchen, überschüssigen Teig gut abschütteln. In 3–4 Minuten im Öl knusprig frittieren. Mit einem Schaumlöffel herausnehmen und auf Küchenpapier legen. Die abgetropften Stücke auf einem Backblech im Ofen warm halten. Die anderen Gemüse genauso zubereiten. Die Gemüse sofort mit der Wasabi-Sojasauce servieren.

Für 4 Personen

Gefüllte Artischocken

40 g geschälte Mandeln
4 kleine Artischocken
½ Zitrone
5 TL Zitronensaft
150 g Ricotta
2 Knoblauchzehen, zerdrückt
80 g frische Brotkrumen
1 TL abgeriebene unbehandelte Zitronenschale
50 g geriebener Parmesan
1 EL gehackte glatte Petersilie
1 EL Olivenöl
2 EL Butter

Den Backofen auf 180 °C vorheizen. Die Mandeln auf einem Backblech im Ofen in 5–10 Minuten goldgelb rösten. Nach dem Abkühlen hacken.

Die zähen Außenblätter der Artischocken entfernen. Die oberen 3 cm der Blätter abschneiden, Stängel auf 2 cm kürzen. Alle Schnittflächen mit Zitrone abreiben. Die Artischocken in kaltes Wasser mit 1 TL Zitronensaft legen, damit sie nicht braun werden.

Mandeln, Ricotta, Knoblauch, Brotkrumen, Zitronenschale, Parmesan und Petersilie in einer Schüssel mischen, salzen und pfeffern. Die Artischocken mit der Mandelcreme füllen, in den Dämpfkorb legen und mit Olivenöl beträufeln. Artischocken in 25–30 Minuten weich dämpfen. (Für die Garprobe mit einem Metallspieß einstechen.) Herausnehmen und noch 5 Minuten unter dem heißen Grill bräunen.

In einem Topf die Butter zerlassen, die restlichen 4 TL Zitronensaft einrühren. Die Artischocken auf einer Platte anrichten, mit der Buttersauce beträufeln und mit Salz und Pfeffer würzen.

Für 4 Personen

Überbackene Pilze mit Taleggio, Kräutern und Knoblauch

1 EL Olivenöl
8 mittelgroße, flache Champignons (insgesamt etwa 850 g)
60 g Butter, zerlassen
½ Lauchstange, nur der weiße Teil, gewaschen und in dünne Ringe geschnitten
2 Knoblauchzehen, fein gehackt
2 EL Weißwein
100 g frische Semmelbrösel
1 TL Thymianblätter
1 EL gehackte glatte Petersilie, plus einige ganze Blätter zum Garnieren
200 g Taleggio, in 8 gleich große Scheiben geschnitten

Den Backofen auf 180 °C vorheizen. Ein Backblech mit dem Öl einpinseln. Die Stiele aus den Pilzköpfen drehen und fein hacken. Die Pilzköpfe beiseitelegen.

40 g Butter bei niedriger Temperatur in einer kleinen Pfanne erhitzen. Lauch, Knoblauch und gehackte Pilzstiele 5 Minuten unter häufigem Rühren anschwitzen. Den Wein zugießen und 3 Minuten dünsten. Vom Herd nehmen und in eine Schüssel geben. Semmelbrösel, Kräuter und restliche Butter zufügen. Mit Salz und schwarzem Pfeffer aus der Mühle würzen und gut vermengen.

Die Pilzköpfe mit der Wölbung nach unten nebeneinander auf das vorbereitete Backblech setzen. In jeden Pilz eine Scheibe Taleggio legen. Dann die Bröselmischung gleichmäßig auf die Pilze verteilen. 20 Minuten überbacken, bis die Pilze gar und goldbraun sind. Mit Petersilienblättern garnieren und warm servieren.

Für 4 Personen

Frittierte Blumenkohlröschen

600 g Blumenkohl
60 g Kichererbsenmehl
2 TL gemahlener Kreuzkümmel
1 TL gemahlener Koriander
1 TL gemahlene Kurkuma
1 Prise Cayennepfeffer
1 Ei, leicht verquirlt
1 Eigelb
Öl, zum Frittieren

Den Blumenkohl in einzelne Röschen trennen. Kichererbsenmehl und Gewürze in eine Schüssel sieben, ½ TL Salz untermischen.

Verquirltes Ei mit Eigelb und 60 ml Wasser in einer Schüssel mit dem Schneebesen verrühren. Eine Mulde in die Mehlmischung drücken und die Eiermischung hineingießen; alles zu einem glatten Teig verrühren. 30 Minuten ruhen lassen.

Einen schweren Topf zu einem Drittel mit Öl füllen. Das Öl auf 180 °C erhitzen (ein Brotwürfel sollte darin in 15 Sekunden bräunen). Die Blumenkohlröschen in den Ausbackteig tauchen, überschüssigen Teig über der Schüssel abtropfen lassen. Die Blumenkohlröschen portionsweise ins Öl geben und in 3–4 Minuten goldbraun frittieren. Auf Küchenpapier abtropfen lassen, mit Salz und nach Belieben mit etwas Cayennepfeffer bestreuen und heiß servieren.

Für 4–6 Personen

Gefüllte Zucchiniblüten mit marokkanischer Note

150 g Butternusskürbis, in kleine Stücke geschnitten
1 Dose Kichererbsen (300 g)
2 EL Korinthen
4 Schalotten, fein gewürfelt
½ TL gemahlener Kreuzkümmel
½ TL gemahlener Zimt
1½ EL Zitronensaft
2 TL gehacktes Koriandergrün
2 TL gehackte Petersilie
12 große Zucchiniblüten mit den jungen Früchten

Knoblauch-Zitronen-Butter
100 g Ghee oder Butterschmalz
4 Knoblauchzehen, zerdrückt
1 TL gemahlener Koriander
1 Prise Cayennepfeffer
1 EL Zitronensaft

Die Kürbisstücke in einen Dämpfkorb geben. 5–8 Minuten weich dämpfen. In eine Schüssel geben, abkühlen lassen und mit einer Gabel zerdrücken.

Inzwischen die Kichererbsen abtropfen lassen, dann in einer zweiten Schüssel grob zerdrücken. Korinthen, Schalotten, Kreuzkümmel, Zimt, Zitronensaft, Koriandergrün und Petersilie unterrühren. Den Kürbis unter die Mischung rühren und mit Salz und schwarzem Pfeffer abschmecken.

Die Zucchiniblüten von den Staubgefäßen befreien und die Stielenden abschneiden. Die Blüten mit der Kürbismasse füllen. Die Blütenspitzen zusammendrehen dann die gefüllten Blüten dicht nebeneinander in den Dämpfkorb legen. Zucchiniblüten 5–8 Minuten dämpfen, bis die Stiele weich sind.

Inzwischen das Ghee in einem Topf bei mittlerer Hitze heiß werden lassen. Knoblauch und ½ TL Salz hineingeben und unter Rühren 2 Minuten braten. Koriander und Cayennepfeffer hinzufügen und 30 Sekunden mitbraten, dann den Zitronensaft unterrühren. Auf jeden Teller drei gefüllte Zucchiniblüten legen. Mit etwas heißer Knoblauch-Zitronenbutter beträufeln und servieren.

Für 4 Personen

Frittiertes Gemüse mit Korianderjoghurt

650 g gemischtes Gemüse, z. B. Zucchini, rote Paprikaschoten, Süßkartoffeln und Zwiebeln

Kichererbsenteig
125 g Kichererbsenmehl
1 TL Salz
2 TL Currypulver
1 TL gemahlene Kurkuma
1 EL Sonnenblumenöl
1 EL Zitronensaft

Korianderjoghurt
4 große Handvoll Korianderblätter
1 große grüne Chilischote, entkernt und fein gewürfelt
1 Knoblauchzehe, zerdrückt
250 g griechischer Joghurt
1 EL Zitronensaft

Öl, zum Frittieren

Das Gemüse schälen und in feine Streifen schneiden. Das Kichererbsenmehl in eine Schüssel sieben. Salz, Currypulver und Kurkuma untermischen. In die Mitte eine Mulde drücken und nach und nach Öl, Zitronensaft und 175 ml Wasser unterschlagen, bis ein glatter Pfannkuchenteig entstanden ist. Falls nötig, etwas mehr Wasser zugeben.

Für den Joghurt Koriander, Chili und Knoblauch mit 2 EL kaltem Wasser pürieren. In eine Schüssel geben und den Joghurt und Zitronensaft unterrühren. Abschmecken und beiseitestellen.

In einen tiefen Topf etwa 5 cm hoch Öl gießen und dieses auf 180 °C erhitzen (ein Brotwürfel bräunt darin in 15 Sekunden). Den Teig noch einmal durchschlagen und die Gemüsestreifen untermischen. Die teigumhüllten Gemüsestreifen in Portionen am besten mithilfe einer Gemüsezange in das Öl gleiten lassen und in 2–3 Minuten goldgelb frittieren. Anschließend auf Küchenpapier abtropfen lassen und im Backofen bei 50 °C warm halten, bis alles Gemüse frittiert ist. Das frittierte Gemüse mit dem Korianderjoghurt servieren.

Für 4 Personen

Spinat-Lauch-Küchlein

40 g Butter
40 g Pinienkerne
1 Lauchstange, nur der weiße Teil, in dünne Ringe geschnitten
100 g junger Blattspinat, gehackt
3 Eier
1 Eigelb
1 EL Sahne
75 g geriebener Parmesan
1 EL gehackte Petersilie
1 EL Olivenöl

20 g Butter in einer schweren Pfanne bei schwacher bis mittlerer Hitze zerlassen. Pinienkerne und Lauch hineingeben und 3 Minuten braten, bis die Pinienkerne goldgelb sind. Spinat hinzufügen und 1 Minute mitgaren. Die Mischung in eine Schüssel füllen und abkühlen lassen. Die Pfanne mit Küchenpapier auswischen.

Eier, Eigelb und Sahne in einer großen Schüssel verquirlen. Käse und Petersilie hinzufügen, mit Salz und Pfeffer würzen. Das Gemüse dazugeben und alles gut mischen.

Die Hälfte der restlichen Butter und ½ EL Olivenöl in die Pfanne geben. 4 Eierringe mit 5–7 cm Ø in die Pfanne setzen und jeden mit Spinatmasse füllen. Bei schwacher Hitze 2–3 Minuten braten, bis die Masse stockt. Die Küchlein vorsichtig wenden und auf der anderen Seite weitere 2–3 Minuten braten. Die Küchlein über einem Teller aus den Eierringen lösen. Aus der restlichen Spinatmasse weitere Küchlein backen. Sofort servieren.

Für 8 Stück

Ofengemüse mit Kümmel und Knoblauchöl

2 Scheiben Kümmelbrot vom Vortag, Rinde entfernt
3 EL Olivenöl
2 Knollen Rote Bete, in dicke Spalten geschnitten
2 Pastinaken, längs halbiert
1 Steckrübe, in dicke Spalten geschnitten
4 Möhren, längs halbiert
1½ EL Kümmelsamen
10 Knoblauchzehen, ungeschält
2 EL grob zerteilter Schnittknoblauch (ersatzweise Schnittlauch)

Den Backofen auf 200 °C vorheizen. Das Brot auf beiden Seiten leicht mit 1 EL Olivenöl bepinseln. Auf ein Backblech legen und in 30 Minuten im Backofen knusprig rösten, die Brotscheiben dabei nach 15 Minuten wenden. Brotscheiben abkühlen lassen und grob zerbröseln.

In der Zwischenzeit die Rote Bete 20 Minuten in Wasser weich kochen, dann abgießen und abtropfen lassen.

Im tiefen Backblech oder in einer flachen großen Auflaufform alle Gemüsestücke mit Kümmel, Knoblauch und 2 EL Olivenöl vermischen. Mit Salz und Pfeffer aus der Mühle würzen. Das Gemüse 30 Minuten backen, dann wenden. Ofentemperatur auf 180 °C reduzieren und das Gemüse 30–40 Minuten weiterbacken, bis es goldbraun ist.

Das Gemüse aus dem Ofen nehmen und auf einer Platte anrichten, mit den Brotbröseln und dem Schnittknoblauch bestreuen.

Für 4 Personen

Tipp: Wenn Sie kein Kümmelbrot bekommen, können Sie Mischbrot nehmen und für das Gemüse ½ EL Kümmelsamen mehr verwenden.

Gemischte Pilze vom Grill

2 braune Champignons
150 g frische Shiitake-Pilze
100 g Enoki-Pilze (oder Champignons)
150 g Austernpilze
150 g Shimeji-Pilze (oder Champignons)
50 g Butter, zerlassen
2 EL japanische Sojasauce
1 EL Mirin (japanischer süßer Reiswein)
1 EL gehackte, glatte Petersilie

Den Grill auf mittlerer Stufe vorheizen.

Inzwischen die Pilze vorbereiten. Die Stiele aus den Champignonköpfen entfernen, die Köpfe vierteln. Die Stiele aus den Shiitake-Köpfen entfernen, die Köpfe halbieren. Die harten Enden der Enoki-Pilze abschneiden, die Köpfe auseinanderzupfen. Die Austernpilze in kleinere Stücke reißen. Die harten Enden der Shimeji-Pilze abschneiden und die Köpfe vorsichtig auseinanderzupfen. Alle Pilze in eine große Schüssel geben.

Butter, Sojasauce und Mirin in einer kleinen Schüssel verrühren. Über die Pilze gießen und vorsichtig mischen. Die Pilze in eine flache, ofenfeste Schale füllen und unter dem Grill 5 Minuten garen. Aus dem Grill nehmen. Die Pilze mit einer Küchenzange vorsichtig wenden und nochmals 5 Minuten grillen. Mit Petersilie bestreuen und heiß servieren.

Für 4 Personen

Schlangenbohnenbündel mit würzigen Erdnüssen

Würzige Erdnüsse
100 g geröstete Erdnusskerne
1 Knoblauchzehe, fein gewürfelt
1 EL geriebener frischer Ingwer
½ TL gemahlene Fenchelsamen
1 große rote Chilischote, von den Samen befreit und fein gehackt
1 EL brauner Zucker
1 EL Erdnussöl
1 EL Limettensaft
3 EL Röstschalotten
2 EL gehacktes Koriandergrün

350 g Schlangenbohnen oder dünne grüne Bohnen, in 8 cm lange Stücke geschnitten
2 TL Sesamöl
12 Halme Schnittknoblauch

Die gerösteten Erdnüsse mit Knoblauch, Ingwer, Fenchel, Chili, Zucker und ½ TLSalz in der Küchenmaschine grob zerkleinern. Das Öl in einer Pfanne bei mittlerer bis starker Hitze heiß werden lassen. Die Nussmischung darin unter kräftigem Rühren 2–3 Minuten braten, bis sie Farbe annimmt und duftet. Den Limettensaft und die Röstschalotten hinzufügen und 1 Minute mitbraten. Vom Herd nehmen, beiseitestellen und etwas abkühlen lassen, dann das Koriandergrün unterrühren.

Inzwischen die Bohnenstücke in einen Dämpfkorb geben. Den Korb schließen und in den Wok oder in einen Topf über kochendes Wasser setzen. Die Bohnen etwa 5 Minuten dämpfen, bis die Stücke weich sind. Herausnehmen, beiseitestellen und kurz abkühlen lassen. Anschließend das Sesamöl untermischen.

Die Bohnenstücke zu 12 gleich großen Bündeln zusammenfassen und diese mit den Schnittknoblauchhalmen zusammenbinden. Die Bündel auf eine Servierplatte legen und die Erdnussmischung darauf verteilen. Sofort servieren.

Für 6 Personen

Würzige Bratkartoffeln aus dem Ofen

1,5 kg Kartoffeln (vorwiegend festkochend), geschält, in 4 cm große Stücke geschnitten
2 EL Ghee oder Butterschmalz
2 TL gemahlene Bockshornkleesamen
1 Knoblauchzehe, zerdrückt
1 TL geriebener frischer Ingwer
1 EL schwarze Senfkörner
1 Prise Safranfäden
80 g junge Spinatblätter

Den Backofen auf 180 °C vorheizen. Die Kartoffeln knapp gar kochen und gut abtropfen lassen.

Das Ghee oder Schmalz in einer kleinen Pfanne bei mittlerer Hitze heiß werden lassen. Bockshornklee, Knoblauch, Ingwer, Senfkörner und Safran mit etwas Salz hineingeben und etwa 1 Minute pfannenrühren, bis die Gewürze duften.

Die Kartoffeln in einen großen Bräter legen, die Gewürzmischung darüberstreuen und alles vorsichtig, aber gründlich mischen. Etwa 1 Stunde im Ofen backen, bis die Kartoffeln leicht gebräunt sind. Aus dem Ofen nehmen, den Spinat unterheben und das Gericht sofort servieren.

Für 6 Personen

Gebackene Süßkartoffeln mit Safran-Pinienkern-Butter

1 kg weiße Süßkartoffeln
2 EL Öl
1 EL Milch
1 Prise Safranfäden
100 g weiche Butter
40 g Pinienkerne, geröstet
2 EL fein gehackte Petersilie
2 Knoblauchzehen, zerdrückt

Den Backofen auf 200 °C vorheizen. Die Süßkartoffeln schälen und in große Stücke schneiden. Die Kartoffeln mit dem Öl in das tiefe Backblech geben, gut mischen, damit sie gleichmäßig mit Öl überzogen werden. Mit Alufolie abdecken und 20 Minuten im Ofen backen.

Inzwischen die Milch erhitzen, Safran hineingeben und 5 Minuten in der Milch ziehen lassen. Butter, Safranmilch, Pinienkerne, Petersilie und Knoblauch in der Küchenmaschine in kurzen Intervallen mixen, die Pinienkerne dabei nicht zu fein zerkleinern. Frischhaltefolie auf einer Arbeitsfläche ausbreiten, die Safran-Pinienkern-Butter auf die Mitte setzen und zu einer Rolle (etwa 4 cm Ø) formen. Etwa 30 Minuten kalt stellen.

Die Süßkartoffeln noch 30 Minuten ohne Folie backen, bis sie gut durchgegart sind. (Für die Garprobe mit einem Spieß einstechen.) Die Butterrolle auf Raumtemperatur bringen, auswickeln, in 1 cm dicke Scheiben schneiden und wieder kalt stellen.

Die Süßkartoffeln mit den Butterscheiben anrichten, mit Salz und schwarzem Pfeffer würzen; servieren.

Für 4–6 Personen

Gegrillte Auberginen mit Miso und Parmesan

6 schlanke Auberginen
2 TL Olivenöl
1½ EL weiße Misopaste
1 EL Mirin (süßer japanischer Reiswein)
1 Eigelb
2 EL fein geriebener Parmesan
2 EL Schnittlauchröllchen

Den Grill auf hoher Stufe vorheizen. Die Auberginen längs halbieren und die Haut mehrmals mit einer Gabel einstechen. Die Auberginen mit Öl einpinseln und mit der Haut nach oben in die Grillpfanne legen. 10 Minuten grillen, zwischendurch einmal wenden.

Die Auberginen aus dem Grill nehmen und in eine flache, ofenfeste Form legen. Den Grill auf mittlere Stufe umschalten.

Misopaste, Mirin und Eigelb in einer kleinen Schüssel gut verrühren. Die Mischung gleichmäßig über den Auberginen verteilen. Die Auberginen unter dem Grill 2 Minuten überbacken, dann mit dem Parmesan bestreuen und noch 1 Minute grillen, bis der Käse goldbraun wird. Mit Schnittlauchröllchen bestreuen und servieren.

Für 4 Personen

Zucchini-Päckchen mit Schinken

2 kleine grüne Zucchini
2 kleine gelbe Zucchini
8 dünne Scheiben luftgetrockneter Schinken

Salbeibutter
40 g Butter, zimmerwarm
1 EL fein gehackter Salbei
1 EL fein gehackte, sonnengetrocknete Tomaten

Eine Grillpfanne auf niedriger Stufe vorheizen. Inzwischen in einem großen Topf Wasser zum Kochen bringen. Die ganzen Zucchini hineingeben, die Temperatur reduzieren und 5 Minuten köcheln lassen, bis die Zucchini fast gar sind. Abgießen, abkühlen lassen und mit Küchenpapier trocken tupfen.

Für die Salbeibutter Butter, Salbei und Tomaten in einer kleinen Schüssel gut verrühren. Mit Salz und schwarzem Pfeffer aus der Mühle abschmecken und bis zur Verwendung beiseitestellen.

Jede Zucchini in 2 Scheiben Schinken wickeln. Die Scheiben sollten von selbst zusammenkleben. Die Zucchini in der Grillpfanne 15 Minuten garen. Genau beobachten: Sie verbrennen leicht. Nach der Hälfte der Garzeit wenden. Heiß mit einem Klecks Salbeibutter servieren.

Für 4 Personen

Mit Pecorino überbackener Fenchel

4 Fenchelknollen
1 Knoblauchzehe, zerdrückt
½ unbehandelte Zitrone, in Scheiben geschnitten
2 EL Olivenöl
3 EL Butter, zerlassen
2 EL geriebener Pecorino

Von den Fenchelknollen die Stiele, das fedrige Grün und den Wurzelansatz abschneiden, harte äußere Schuppenblätter entfernen. Die Knollen in Spalten schneiden und zusammen mit dem Knoblauch, den Zitronenscheiben, dem Öl und 1 TL Salz in einen großen Topf geben. Die Zutaten mit Wasser bedecken, aufkochen und bei reduzierter Hitze 20 Minuten köcheln lassen, bis der Fenchel weich ist.

Abgießen, gut abtropfen lassen und in eine ofenfeste Form füllen. Mit Salz und Pfeffer würzen, mit der zerlassenen Butter beträufeln und mit dem Pecorino bestreuen.

Die Form unter den heißen Grill schieben, bis der Käse schön gebräunt ist. Heiß servieren.

Für 4 Personen

Anmerkung: Anstelle des Pecorino können Sie auch Parmesan verwenden.

Kartoffelgratin

30 g Butter
1 Zwiebel, in feine Halbringe geschnitten
650 g mehlig kochende Kartoffeln, in dünne Scheiben geschnitten
100 g geriebener Gouda
300 g Sahne, mit 100 ml Milch verrührt

Die Butter in einer Pfanne zerlassen und die Zwiebel auf kleiner Stufe in 5 Minuten weich und glasig schwitzen.

Den Backofen auf 160 °C vorheizen. Boden und Seiten einer tiefen Auflaufform (1 l Inhalt) einfetten und die Kartoffelscheiben jeweils mit Zwiebelringen und Käse einschichten, dabei 2 EL Käse für die Oberseite zurückbehalten. Die mit der Milch verrührte Sahne mit Salz und frisch gemahlenem schwarzem Pfeffer würzen, die Kartoffeln damit übergießen und den restlichen Gouda darüberstreuen.

Die Form für 50–60 Minuten in den Ofen schieben, bis die Kartoffeln goldbraun überbacken und weich sind. Das Kartoffelgratin vor dem Servieren 10 Minuten ruhen lassen.

Für 4 Personen

Variation: Schichten Sie abwechselnd Kartoffeln und Süßkartoffeln ein, oder würzen Sie die Sahne-Milch mit gehackten frischen Kräutern.

Weißkohl mit Lauch und Senfsamen

1 EL Öl
2 EL Butter
2 TL schwarze Senfsamen
2 Lauchstangen, gewaschen und in dünne Ringe geschnitten
500 g Weißkohl, in feine Streifen geschnitten
1 EL Zitronensaft
5 EL Crème fraîche
2 EL gehackte Petersilie

Öl und Butter in einem Topf erhitzen, Senfsamen hinzufügen und braten, bis sie aufplatzen. Den Lauch dazugeben und in 5–8 Minuten weich braten. Den Kohl untermischen und bei schwacher Hitze in 4 Minuten zusammenfallen lassen.

Das Gemüse mit reichlich Salz und Pfeffer würzen. Zitronensaft und Crème fraîche hinzufügen und noch 1 Minute erhitzen. Mit gehackter Petersilie bestreuen.

Für 4–6 Personen

Mini-Kürbisse mit Ziegenkäse und Macadamianüssen

2 Mini-Kürbisse à ca. 350 g (oder ein kleiner Hokkaido-Kürbis)
40 g junger Rucola
35 g geröstete Macadamianüsse, gehackt
80 g Ziegenkäse, zerbröselt

Honig-Senf-Dressing
3 EL Olivenöl
1 EL Sherryessig
2 TL körniger Senf
1 TL Honig

Den Backofen auf 180 °C vorheizen.

Die Kürbisse gründlich waschen, quer halbieren und die Kerne entfernen. Das Fleisch mit Öl einreiben. Die Kürbisse mit der Wölbung nach unten in eine ofenfeste Form setzen. Leicht mit Salz und schwarzem Pfeffer aus der Mühle würzen.

Etwa 30 Minuten im Ofen garen. Dabei sollen die Schnittflächen leicht bräunen. Falls sie zu dunkel werden, mit Alufolie abdecken. Die Garzeit kann je nach Kürbissorte variieren.

Inzwischen alle Zutaten für das Dressing in ein Schraubglas füllen und kräftig schütteln. Mit Salz und schwarzem Pfeffer aus der Mühle abschmecken.

Rucola, Macadamianüsse und Ziegenkäse in einer großen Schüssel behutsam mischen. Mit dem Dressing übergießen und nochmals mischen. Die gegarten Kürbishälften mit dem Salat füllen und sofort servieren.

Für 4 Personen

Tipp: Die Schale dieser Kürbisse kann mitgegessen werden. Wichtig ist aber, sie vor der Zubereitung gründlich zu waschen.

Kartoffelchips mit Salbei

2 große festkochende Kartoffeln
2 EL Olivenöl
25 Salbeiblätter
Meersalz zum Bestreuen

Den Backofen auf 180 °C vorheizen. Die Kartoffeln mit einem breiten, scharfen Messer oder einem Gemüsehobel der Länge nach in 50 hauchdünne Scheiben schneiden. Die Kartoffelscheiben anschließend im Olivenöl wenden.

Zwei Backbleche mit Backpapier auslegen. Jeweils 1 Salbeiblatt zwischen 2 Kartoffelscheiben legen und mit Meersalz bestreuen.

Die Kartoffelpaare auf den Backblechen verteilen, ohne dass sie sich überlappen, und in 25–30 Minuten im Backofen goldbraun und knusprig rösten. Die Chips nach der Hälfte der Backzeit wenden und darauf achten, dass sie nicht verbrennen (einige Chips sind möglicherweise schneller gar als der Rest). Chips heiß servieren.

Für 4 Personen

Finnischer Steckrübenauflauf

Fett für die Form
1,5 kg Steckrüben (etwa 4 Stück), geschält und in 4 cm große Stücke geschnitten
125 g Sahne
2 Eier, verquirlt
1 Eigelb
3 EL Mehl
½ TL frisch geriebene Muskatnuss
1 kleine Prise Knoblauchpulver
frisch gemahlener schwarzer Pfeffer
100 g frische Semmelbrösel
50 g Butter, in kleinen Stücken
4 Salbeiblätter, fein gehackt

Den Backofen auf 160 °C vorheizen. Eine große, flache Auflaufform einfetten.

Die Rüben in 40 Minuten in Salzwasser weich garen oder 25 Minuten dämpfen. Anschließend gut abtropfen lassen, wieder in den Topf füllen und mit dem Kartoffelstampfer nicht zu fein zerdrücken.

Den Topf wieder auf den Herd stellen und die Rüben 5–7 Minuten bei mittlerer Hitze kochen lassen, bis die Flüssigkeit vollständig verdunstet ist. Die Rüben dann vom Herd nehmen und etwas abkühlen lassen.

Sahne, Eier, Eigelb, Mehl und Gewürze unter das grobe Rübenpüree rühren und mit Meersalz und Pfeffer abschmecken. Die Masse in die Auflaufform füllen und glatt streichen.

Die Semmelbrösel im Mixer mit der Butter zu einer krümeligen Masse verrühren, den Salbei hinzufügen und die Rüben damit bestreuen. Den Auflauf in 30–35 Minuten goldbraun backen und heiß oder warm zu gebratenem oder gegrilltem Fleisch servieren.

Für 6–8 Personen

Variante: Die Steckrüben können nach Belieben auch durch weiße Rüben ersetzt werden.

Sahnesellerie im Papierpäckchen

125 ml trockener Weißwein
125 g Sahne
1 TL gemahlener Kreuzkümmel
1 EL körniger Senf
1 Sellerieknolle (etwa 600 g), geschält und in streichholzdünne Stifte geschnitten

Den Backofen auf 180 °C vorheizen. Den Weißwein in einer Schüssel mit Sahne, Kreuzkümmel und Senf verrühren. Die Wein-Sahne mit Salz und schwarzem Pfeffer aus der Mühle abschmecken. Die Selleriestifte hinzufügen und gut untermischen. Das Ganze ein paar Minuten durchziehen lassen.

Inzwischen vier 50 cm lange Stücke Backpapier abschneiden. Die Mischung in vier Portionen teilen und diese mittig auf die Papierstücke geben (das geht mit den Händen am besten). In der Schüssel verbliebene Sahnemischung mit einem Löffel darauf verteilen. Die Papierstücke zu Päckchen falten: die Längsseiten über der Füllung fest zusammenfalten, die kurzen Seiten verdrehen und unterschieben. Die Päckchen müssen fest verschlossen sein, damit der Sellerie gleichmäßig gart.

Die Päckchen auf ein oder zwei Backbleche setzen und für 45 Minuten in den Backofen geben, bis die Selleriestücke weich sind, dann herausnehmen und vor dem Öffnen etwas abkühlen lassen. Der Sahnesellerie passt gut zu Braten.

Für 4 Personen

Gemüse-Tian

1 kg rote Paprikaschoten, geviertelt, Stielansatz, Samen und Scheidewände entfernt
Fett für die Form
125 ml Olivenöl
2 EL Pinienkerne
800 g Mangold, die Stiele entfernt und die Blätter in breite Streifen geschnitten
frisch geriebene Muskatnuss
1 Zwiebel, gehackt
2 Knoblauchzehen
2 TL fein gehackter Thymian
750 g Tomaten, enthäutet, die Samen entfernt und gewürfelt
1 große Aubergine, in 1 cm dicke Scheiben geschnitten
5 kleine Zucchini (etwa 500 g), schräg in dünne Scheiben geschnitten
3 reife Tomaten, in 1 cm dicke Scheiben geschnitten
1 EL frische Semmelbrösel
4 EL geriebener Parmesan
30 g Butter in kleinen Stücken
Thymianblättchen zum Garnieren (nach Belieben)

Den Backofengrill auf höchster Stufe vorheizen. Paprikaschoten mit der Schale nach oben schwarz rösten. In eine Schüssel geben und abkühlen lassen. Die Schale abziehen und die Paprika in breite Streifen schneiden. Eine Auflaufform fetten, Paprika darin verteilen und würzen. Den Backofen auf 180 °C vorheizen. 2 EL Olivenöl in einer Pfanne erhitzen und die Pinienkerne 1–2 Minuten rösten. Herausheben und beiseitestellen. Den Mangold in die Pfanne geben und in 5 Minuten weich garen. Pinienkerne hinzufügen und mit Meersalz, Pfeffer und Muskat abschmecken. Auf den Paprikaschoten verteilen.

1 EL Olivenöl in der Pfanne erhitzen und die Zwiebel goldbraun anbraten. Knoblauch und Thymian hinzufügen und 1 Minute anbraten. Die Tomatenwürfel dazugeben, aufkochen und 10 Minuten köcheln lassen. Die Sauce auf dem Mangold verteilen.Öl in der Pfanne erhitzen und die Auberginen in 4–5 Minuten goldbraun braten. Auf Küchenpapier abtropfen lassen, auf der Tomatensauce verteilen und würzen. Zucchini und die Tomaten abwechselnd auf die Auberginen schichten. Semmelbrösel, Parmesan und Butterflöckchen darübergeben. 25–30 Minuten backen, bis die Oberfläche gebräunt ist. Nach Belieben mit Thymian garnieren.

Für 6–8 Personen

Geschmorter Sellerie

Fett für die Form
30 g Butter
1 Staude Stangensellerie, geputzt und in 5 cm lange Stücke geschnitten
500 ml Hühner- oder Gemüsebrühe
abgeriebene Schale von 1 unbehandelten Zitrone
3 EL frisch gepresster Zitronensaft
3 EL Sahne
2 Eigelb
1 EL Maisstärke
1 Prise gemahlene Macis (Muskatblüte) oder frisch geriebene Muskatnuss
1–2 EL fein gehackte Petersilie

Den Backofen auf 160 °C vorheizen und eine große, flache Auflaufform einfetten.

Die Butter in einer großen Pfanne erhitzen. Den Sellerie hineingeben und in der Butter wenden, bis er damit überzogen ist. Den Deckel auflegen und den Sellerie 2 Minuten bei mittlerer Hitze andünsten.

Die Brühe angießen, Zitronenschale und -saft hinzufügen, den Deckel auflegen und den Sellerie bei geringer Hitze bissfest garen. Mit einem Schaumlöffel herausheben und in der Auflaufform verteilen. 3 EL Kochflüssigkeit aufheben.

In einer Schüssel die Sahne mit den Eigelben und der Maisstärke verrühren und anschließend die Selleriekochflüssigkeit unterrühren. Die Mischung in die Pfanne gießen und unter Rühren erhitzen, bis sie kocht und eindickt. Mit Macis oder Muskat, Meersalz und Pfeffer abschmecken.

Den Sellerie mit der Sauce übergießen und 15 Minuten im Backofen schmoren, bis der Sellerie sehr weich ist und die Sauce kocht.

Mit der Petersilie bestreuen und warm mit pochierter Hähnchenbrust, gegrilltem Lammfleisch oder Corned Beef servieren.

Für 4 Personen

Zucchinipuffer mit Gurken-Joghurt-Sauce

Gurken-Joghurt-Sauce
1 Salatgurke, fein gewürfelt
250 g griechischer Sahnejoghurt
1 kleine Knoblauchzehe, zerdrückt
1 EL gehackter Dill
2 TL Weißweinessig

Zucchinipuffer
300 g Zucchini, geraspelt
1 kleine Zwiebel, fein gewürfelt
3 EL Mehl
4 EL geriebener Parmesan
1 EL gehackte Minze
2 TL gehackte Petersilie
1 Prise geriebene Muskatnuss
3 EL Semmelbrösel
1 Ei, verquirlt

Olivenöl, zum Braten
Rucola, zum Anrichten

Die Gurkenwürfel in ein Sieb geben, mit Salz bestreuen und über einer Schüssel 15–20 Minuten Wasser ziehen lassen. Den Joghurt in einer Schüssel mit Knoblauch, Dill und Essig glatt rühren. Die Gurkenwürfel untermischen. Die Sauce mit Salz und Pfeffer abschmecken, zudecken und kalt stellen.

Den Backofen auf 120 °C vorheizen. Zucchiniraspel und Zwiebelwürfel auf ein sauberes Geschirrtuch geben. Das Tuch zusammendrehen und so viel Saft wie möglich aus dem Gemüse drücken. Zucchini und Zwiebel in eine große Schüssel füllen. Mehl, Käse, Minze, Petersilie, Muskat, Semmelbrösel und Ei sowie Salz und Pfeffer (nach Geschmack) hinzufügen. Alles mit den Händen zu einem Teig verarbeiten.

In einer großen Pfanne 1 cm hoch Öl bei mittlerer Hitze heiß werden lassen. Pro Puffer 2 EL Teig in die Pfanne geben und flach drücken. Mehrere Puffer auf einmal je 2–3 Minuten braten, bis sie goldbraun sind. Auf Küchenpapier abtropfen lassen, dann im Backofen warm halten. Die heißen Puffer mit Rucola und der kalten Gurken-Joghurt-Sauce auf Tellern anrichten, servieren.

Für 4 Personen

Rosenkohl mit Pancetta

100 g durchwachsener Speck (vorzugsweise Pancetta), in dünne Scheiben geschnitten
4 Schalotten
20 g Butter
1 EL Olivenöl
1 Knoblauchzehe, zerdrückt
500 g Rosenkohl, geputzt und in dicke Scheiben geschnitten

Den Backofengrill auf höchster Stufe vorheizen. Ein Backblech mit Alufolie auslegen, den Speck darauf verteilen und für 8–10 Minuten unter den Grill schieben. Den Speck 1 Minute grillen, bis er knusprig ist, und dann beiseitestellen.

Die Schalotten 5 Minuten in kochendes Wasser legen, damit sie sich leichter schälen lassen. Mit einem Schaumlöffel herausheben, etwas abkühlen lassen, schälen und in breite Ringe schneiden.

Die Butter mit dem Olivenöl in einer großen Pfanne erhitzen und die Schalotten mit dem Knoblauch darin bei mittlerer Hitze in 3–4 Minuten leicht anbräunen. Den Rosenkohl dazugeben, mit frisch gemahlenem Pfeffer würzen und in 4–5 Minuten goldbraun und knusprig braten. Die Herdplatte ausschalten, die Pfanne zudecken und 5 Minuten ruhen lassen.

Den Speck in große Stücke brechen, vorsichtig unter das Gemüse heben und servieren.

Für 4 Personen

Fenchel mit Pumpernickelstreuseln

Fett für die Form
100 ml frisch gepresster Zitronensaft
2 Fenchelknollen
1 EL Honig
1 EL Mehl
300 g Sahne

Für die Streusel
75 g Haferflocken
60 g Mehl
100 g Pumpernickel, zerkrümelt
60 g Butter
1 Knoblauchzehe, zerdrückt

Den Backofen auf 160 °C vorheizen und eine große Auflaufform einfetten.

In einem großen Topf Wasser aufkochen und 3 EL Zitronensaft hinzufügen. Den Fenchel putzen und in dünne Scheiben schneiden. Waschen, gut abtropfen lassen und 3 Minuten im kochenden Wasser garen. Abgießen, gut abtropfen und etwas abkühlen lassen.

Den Fenchel in eine große Schüssel geben. Honig und restlichen Zitronensaft hinzufügen und mit frisch gemahlenem Pfeffer würzen. Das Mehl darüberstäuben und die Zutaten miteinander mischen. In die Auflaufform füllen und die Sahne darübergießen.

Für die Streusel Haferflocken, Mehl und Pumpernickel in eine Schüssel geben. Die Butter in einer kleinen Kasserolle zerlassen und den Knoblauch 30 Sekunden darin anschwitzen. Über die Haferflockenmischung gießen und die Zutaten gründlich vermengen.

Den Fenchel mit den Streuseln bestreuen und im Backofen 20–30 Minuten garen, bis der Fenchel weich ist und die Streusel goldbraun sind. Heiß servieren.

Für 6 Personen

Rote Bete mit Knoblauch-Kartoffel-Paste

1 kg Rote Bete mit Kraut
3 EL natives Olivenöl extra
1 EL Rotweinessig

Für die Knoblauch-Kartoffel-Paste
250 g vorwiegend festkochende Kartoffeln, geschält und in 2 cm große Würfel geschnitten
2–3 Knoblauchzehen, zerdrückt
90 ml Olivenöl
1 EL Weißweinessig

Die Stiele der Rote-Bete-Knollen bis auf 2–3 cm abschneiden. Stiele und zarte Blätter in 7 cm lange Stücke schneiden und gründlich waschen. Die Knollen abbürsten.

Salzwasser zum Kochen bringen und die Rote Bete darin in 30–45 Minuten weich garen. Mit einem Schaumlöffel aus dem Topf heben und etwas abkühlen lassen.

Inzwischen die Kartoffeln sehr weich kochen. Abgießen und gut abtropfen lassen. Mit dem Kartoffelstampfer zerdrücken und zu einem Püree verarbeiten. Knoblauch, ½ TL Meersalz und 1 Prise weißen Pfeffer untermischen. Olivenöl nach und nach mit einem Holzkochlöffel unterrühren. Weißweinessig dazugeben und abschmecken.

Das Rote-Bete-Kochwasser wieder zum Kochen bringen und die Blätter in 8 Minuten weich kochen. Gut abtropfen und etwas abkühlen lassen.

Rote-Bete schälen, in dicke Scheiben schneiden und mit den Blättern auf einer Servierplatte anrichten. Olivenöl mit dem Essig verrühren, mit Salz und schwarzem Pfeffer abschmecken und das Gemüse damit beträufeln. Warm mit der Knoblauch-Kartoffel-Paste servieren.

Für 6 Personen

Lauch auf griechische Art

3 EL Olivenöl
1½ EL Weißwein
1 EL Tomatenmark
1 Msp. Zucker
1 Lorbeerblatt
1 Zweig Thymian
1 Knoblauchzehe, zerdrückt
4 Korianderkörner, zerdrückt
4 Pfefferkörner
8 kleine Stangen Lauch (nur die weißen Schäfte)
1 TL frisch gepresster Zitronensaft
1 EL fein gehackte Petersilie
unbehandelte Zitronenhälften

Das Olivenöl mit Wein, Tomatenmark, Zucker, Lorbeerblatt, Thymian, Knoblauch, Koriander, Pfefferkörnern und 250 ml Wasser in einer großen Pfanne mit Deckel aufkochen lassen, den Deckel auflegen und das Ganze 5 Minuten köcheln lassen.

Lauch nebeneinander in die Pfanne legen und zum Köcheln bringen. Die Wärmezufuhr dann verringern, den Deckel auflegen und den Lauch in 20–30 Minuten weich garen (mit einem Spieß einstechen, um die Garprobe zu machen). Den Lauch gut abtropfen lassen (die Garflüssigkeit aufheben) und auf einer Servierplatte anrichten.

Die Garflüssigkeit mit dem Zitronensaft 1 Minute bei starker Hitze kochen lassen, bis sie eine leicht sirupartige Konsistenz hat. Mit Meersalz und Pfeffer abschmecken und durch ein Sieb über den Lauch passieren.

Den Lauch abkühlen lassen, mit der gehackten Petersilie bestreuen und zimmerwarm mit Zitronenhälften servieren.

Für 4 Personen

Gegrillter Radicchio

2 Radicchioköpfe
3 EL Olivenöl
1 TL Balsamico-Essig

Den Radicchio putzen und die äußeren Blätter entfernen. Die Köpfe der Länge nach vierteln und gründlich unter fließendem Wasser waschen. Gut abtropfen lassen und mit Küchenpapier trocken tupfen.

Eine Grillpfanne oder Grillplatte auf höchster Stufe vorheizen. Den Radicchio mit etwas Olivenöl beträufeln, mit Meersalz und schwarzem Pfeffer würzen und 2–3 Minuten grillen, bis die äußeren Blätter weich und dunkel werden. Den Radicchio wenden und auf der anderen Seite grillen. Auf einer Platte anrichten und mit dem restlichen Öl und dem Balsamico-Essig beträufeln.

Heiß zu gegrilltem Fleisch oder zimmerwarm auf einem Vorspeisenteller servieren.

Für 4 Peronen

Marokkanischer Möhrensalat

4 große Möhren
2 grüne Kardamomkapseln
1 TL schwarze Senfsamen
½ TL gemahlener Kreuzkümmel
½ TL gemahlener Ingwer
1 TL Paprikapulver
½ TL gemahlener Koriander
80 ml Olivenöl
1 EL Zitronensaft
2 EL Orangensaft
35 g Korinthen
25 g Korianderblätter, fein gehackt
2 EL fein gehackte Pistazienkerne
1 TL Orangenblütenwasser
250 g stichfester Joghurt

Die Möhren schälen, grob raspeln und in eine Schüssel füllen.

Die Kardamomkapseln zerdrücken und die Samen herausnehmen, die Kapseln wegwerfen. Eine Pfanne bei schwacher Hitze heiß werden lassen und die Senfsamen ein paar Sekunden darin erhitzen, bis sie aufplatzen. Kardamom und Kreuzkümmel, Ingwer, Paprikapulver sowie Koriander hinzufügen und 5 Sekunden rösten, bis die Mischung zu duften beginnt. Vom Herd nehmen, Olivenöl, Zitronen- und Orangensaft sowie die Korinthen untermischen.

Das Dressing über die Möhren gießen und 30 Minuten durchziehen lassen. Das Koriandergrün untermischen. Den Salat auf einem Teller anrichten und mit den gehackten Pistazien garnieren. Orangenblütenwasser und Joghurt mischen und dazu reichen.

Für 4–6 Personen

Gefüllte Zwiebeln mit Ziegenkäse und getrockneten Tomaten

6 große Zwiebeln
60 ml bestes Olivenöl
1 Knoblauchzehe, zerdrückt
100 g getrocknete Tomaten, fein gehackt
25 g frische Weißbrotkrumen
1 EL gehackte Petersilie
2 TL gehackter Thymian
100 g fester Ziegenfrischkäse, zerbröckelt
80 g geriebener Parmesan
1 Ei
250 ml Gemüsebrühe
1 EL Butter

Backofen auf 180 °C vorheizen. Zwiebeln schälen, von oben einen Deckel abschneiden, die Deckel beiseitelegen. Mit einem Teelöffel die Zwiebeln aushöhlen.

Die Zwiebeln in kochendem Wasser 5 Minuten blanchieren, abgießen. 2 EL Öl in einer kleinen Pfanne erhitzen und darin den Knoblauch 3 Minuten anbraten. Tomaten, Brotkrumen und Kräuter hinzufügen und 1 Minute braten. Vom Herd nehmen, Ziegenkäse und Parmesan untermischen, mit Salz und Pfeffer würzen, dann das Ei unterrühren.

Die Füllung in die Zwiebeln geben. Die Zwiebeln in eine große ofenfeste Form setzen. Mit Brühe umgießen und mit dem restlichen Öl beträufeln. Die Zwiebeldeckel aufsetzen, die Form mit Alufolie abdecken. Die Zwiebeln 45 Minuten backen. Zwischendurch immer wieder mit Garsud begießen. 10 Minuten vor Ende der Garzeit die Alufolie entfernen.

Die Zwiebeln auf einer Platte anrichten und warm halten. Den Sud in 5–8 Minuten um die Hälfte sirupartig einkochen lassen. Hitze reduzieren und die Butter mit dem Schneebesen darunterschlagen. Die Sauce mit Salz und Pfeffer abschmecken und über die Zwiebeln geben.

Für 6 Personen

Couscous mit gegrilltem Fenchel

4 kleine Fenchelknollen mit Grün
Olivenöl zum Einpinseln
2 rote Zwiebeln, jede in 8 Spalten geschnitten
250 ml Hühner- oder Gemüsebrühe
140 g Couscous

Zitronendressing
¼ eingelegte Zitrone
4 EL natives Olivenöl extra
½ TL Dijon-Senf
1½ EL Zitronensaft

In einem Topf Wasser zum Kochen bringen. Inzwischen das Grün vom Fenchel abschneiden und einen Esslöffel davon hacken. Die Stiele vom Fenchel entfernen und am Wurzelansatz eine 5 mm dicke Scheibe abschneiden. Die Fenchelknollen vierteln, ins kochende Wasser geben und ca. 3 Minuten garen. Abtropfen lassen.

Den Grill auf mittlerer Stufe vorheizen. Die Grillpfanne mit etwas Öl einpinseln. Den Fenchel darauf ausbreiten, darüber die Zwiebeln verteilen. Mit etwas Olivenöl einpinseln und 10 Minuten grillen, bis das Gemüse weich ist. Zwischendurch wenden.

Für das Dressing das Fruchtfleisch aus der Zitrone entfernen. Die Schale waschen, trocken tupfen und fein hacken. In einer kleinen Schüssel Öl, Senf und Zitronensaft gut verrühren. Die Zitronenschale zufügen und abschmecken.

Die Brühe in einem Topf aufkochen. Den Couscous und das gehackte Fenchelgrün einrühren. Den Topf vom Herd nehmen und den Couscous abgedeckt 4–5 Minuten quellen lassen. Mit einer Gabel auflockern. Den Couscous in eine Servierschüssel füllen und das gegrillte Gemüse darauf anrichten. Mit dem Dressing beträufeln und servieren.

Für 4 Personen

Blumenkohl und Erbsen mit polnischer Kruste

1 kleiner Blumenkohl, in kleine Röschen zerteilt
150 g frische oder gefrorene Erbsen (siehe Tipp)

Polnische Kruste
3 hartgekochte Eier
40 g frische Semmelbrösel
1½ EL kleine Kapern, abgespült und abgetropft
3 EL fein gehackte glatte Petersilie
1 Knoblauchzehe, fein gehackt
75 g Butter, zerlassen

Den Grill auf hoher Stufe vorheizen. Blumenkohlröschen und Erbsen in einen großen Topf mit leicht gesalzenem, kochendem Wasser geben und ca. 5 Minuten garen. Abgießen und in eine leicht eingeölte Gratinform (26 × 18 cm) geben.

Während das Gemüse kocht, die polnische Kruste vorbereiten. Die Eier in einer Schüssel mit einer Gabel zerdrücken. Semmelbrösel, Kapern, Petersilie, Knoblauch und zerlassene Butter zufügen. Gut vermengen und mit Salz und schwarzem Pfeffer aus der Mühle würzen. Die Mischung auf dem Gemüse verteilen und unter dem Grill 5–7 Minuten überbacken, bis die Kruste goldbraun und knusprig ist. Heiß servieren.

Für 4 Personen

Tipp: Wenn Sie frische Erbsen verwenden möchten, kaufen Sie etwa 300 g, damit nach dem Auspalen die benötigte Menge übrig bleibt.

Zucchini mit Feta-Füllung

6 Zucchini
250 g Feta, zerbröselt
2 EL Schnittlauchröllchen
1 Knoblauchzehe, zerdrückt
2½ EL Olivenöl
6 Zitronenspalten

Die ganzen Zucchini in einem Topf mit leicht gesalzenem, kochendem Wasser etwa 6 Minuten garen. Abgießen und etwas abkühlen lassen.

Den Grill auf hoher Stufe vorheizen. Feta, Schnittlauch und Knoblauch in einer kleinen Schüssel mit 1 EL Öl und etwas frisch gemahlenem Pfeffer verrühren.

Wenn die Zucchini etwas abgekühlt sind, von jeder in Längsrichtung einen 5 mm dicken Streifen abschneiden und anderweitig verwenden. Mit einem Teelöffel den Großteil der Kerne herausschaben. Die Zucchini mit der Schnittfläche nach oben auf ein leicht eingeöltes Backblech setzen.

Die Fetamischung gleichmäßig in die ausgehöhlten Zucchini verteilen. Die Zucchini mit etwas Öl einpinseln und unter dem Grill 10 Minuten überbacken, bis sie hellbraun werden. Mit dem restlichen Öl beträufeln, mit frisch gemahlenem Pfeffer bestreuen und mit den Zitronenspalten servieren.

Für 6 Personen

Tipp: Sie können die Zucchini einen oder zwei Tage früher vorbereiten und aufwärmen. Sie schmecken aber auch kalt, zum Beispiel auf einer Vorspeisenplatte.

Würzige Maisküchlein

125 g Mehl
75 g feiner Maisgrieß (Polenta)
1 TL Backpulver
1 Ei
170 ml Buttermilch
Körner von einem gekochten Maiskolben
1 EL gehackte, eingelegte Jalapeño-Chili
1 große rote Chilischote, entkernt und gehackt
1 EL gehacktes Koriandergrün
1 EL gehackte Petersilie
Olivenöl zum Einpinseln

Tomaten-Avocado-Relish
4 Roma-Tomaten, geviertelt
1 EL Limettensaft
1 Avocado, in 2 cm große Würfel geschnitten

Mehl, Polenta, Backpulver und 1 TL Salz in eine große Schüssel geben. In die Mitte eine Vertiefung drücken. Ei und Buttermilch in einer Schüssel verquirlen und in die Vertiefung gießen. Mit der Mehlmischung verrühren. Dann Mais, Chili, Koriander und Petersilie einrühren.

Eine große Grillpfanne mit 1 EL Öl einpinseln und erhitzen. Die Tomatenviertel von jeder Seite 2 Minuten rösten, dann herausnehmen und abkühlen lassen. Die Pfanne mit Küchenpapier auswischen. Für das Tomaten-Avocado-Relish die abgekühlten Tomaten grob hacken. In einer Schüssel mit Limettensaft und ½ TL Salz mischen. Die Avocadowürfel unterheben und beiseitestellen.

Eine Bratpfanne mit 1 EL Öl einpinseln und erhitzen. Kleine Teigkleckse (ca. 2 EL) in die Pfanne geben und rund verlaufen lassen. Der Teig reicht für insgesamt zwölf Küchlein. 2 Minuten garen, bis sich an der Oberseite Blasen zeigen. Wenden und die Rückseite 2 Minuten goldbraun garen. Falls nötig, etwas mehr Öl auf die Platte geben. Die Maisküchlein heiß servieren. Das Tomaten-Avocado-Relish separat dazu reichen.

Ergibt 12 Stück

Kürbis mit Safran-Koriander-Butter

½ Butternusskürbis
Olivenöl zum Einpinseln
3 EL Koriandergrün

Safran-Koriander-Butter
1 kleine Prise Safranfäden
50 g Butter, zimmerwarm
1 EL fein gehacktes Koriandergrün

Für die Safran-Koriander-Butter den Safran mit 2 TL heißem Wasser in eine kleine Schüssel geben und mindestens 20 Minuten ziehen lassen. Butter und Koriander zugeben und gründlich verrühren. Die Buttermischung mittig auf ein Stück Frischhaltefolie legen und zu einer 7 cm dicken Rolle formen. 30 Minuten zum Festwerden in den Kühlschrank legen.

Eine Grillplatte oder Grillpfanne auf hoher Stufe vorheizen. Den ungeschälten Kürbis in 2 cm dicke Scheiben schneiden. Die Kerne entfernen. Die Kürbisscheiben von beiden Seiten mit Öl einpinseln und mit Salz und schwarzem Pfeffer würzen.

Die Kürbisstücke von jeder Seite 10 Minuten grillen, bis sie goldbraun und gar sind. Auf eine Servierplatte legen. Scheiben der Safran-Koriander-Butter darauflegen, kurz schmelzen lassen. Mit Korianderblättern garnieren und heiß servieren.

Für 6 Personen

Pilzspieße mit Knoblauch und Kreuzkümmel

16 Champignons
4 EL Olivenöl
1 Knoblauchzehe, zerdrückt
½ TL gemahlener Kreuzkümmel
2 EL gehackte Petersilie
1 Zitrone, in 4 Spalten geschnitten

Vier Bambusspieße 30 Minuten in kaltem Wasser einweichen. Eine Grillplatte oder Grillpfanne auf mittlerer Stufe vorheizen.

Die Enden der Pilzstiele abschneiden, die Stiele aber nicht ganz entfernen. Öl, Knoblauch, Kreuzkümmel, etwas Salz und frisch gemahlenen Pfeffer in einer Schüssel mischen. Die Pilze zugeben und in dem Gewürzöl wenden.

Auf jeden Spieß vier Pilze schieben, dabei durch die Pilzstiele stechen. Die Pilze 5 Minuten grillen, bis sie gar und leicht gebräunt sind. Zwischendurch mit dem restlichen Gewürzöl bestreichen. Auf einer Servierplatte anrichten, mit Petersilie bestreuen, mit etwas Zitronensaft beträufeln und servieren.

Für 4 Personen

Fenchel mit Zitronen-Sardellen-Butter

4 sehr kleine Fenchelknollen
60 g Butter
8 Sardellenfilets, fein gehackt
1 Knoblauchzehe, zerdrückt
2 kleine rote Chilischoten, von den Samen befreit, fein gehackt
2 EL Zitronensaft

Die Fenchelknollen von den Stielen befreien, längs vierteln und in einen Dämpfkorb legen. Den Korb schließen und in den Wok oder in einen Topf über köchelndes Wasser setzen. Die Knollen 5 Minuten dämpfen, bis sie weich sind.

Die Butter in einer Pfanne bei mittlerer Hitze zerlassen. Sardellen, Knoblauch und Chilis in die Pfanne geben und 30 Sekunden pfannenrühren. Den Zitronensaft unterrühren, dann den Fenchel hinzufügen und durch Wenden mit der Würzbutter überziehen.

Für 4 Personen

Chicorée mit Käse-Nuss-Kruste

6 Chicorée, von den großen Außenblättern befreit, halbiert
80 g frische Brotkrumen
3 EL geriebener Parmesan
3 EL gehackte Pekannüsse
1 EL gehackter Thymian
1 EL Schnittlauchröllchen
3 Scheiben luftgetrockneter Schinken, grob gehackt
60 g Butter, zerlassen

Die Chicoréehälften in einen großen Dämpfkorb legen. Den Korb schließen und in den Wok oder in einen Topf über kochendes Wasser setzen. Den Chicorée etwa 15 Minuten dämpfen, bis er weich ist. Die Hälften herausnehmen und mit den Schnittseiten nach oben auf ein Backblech setzen.

Den Backofen auf 200 °C vorheizen. Die Brotkrumen in einer Schüssel mit Käse, Nüssen, Thymian, Schnittlauch und Schinken mischen. Die Butter unterrühren. Die Mischung mit einem Löffel auf die Chicoréehälften verteilen und etwas andrücken. 10 Minuten backen, bis die Kruste goldbraun und knusprig ist.

Für 4 Personen

Rosenkohl mit Senfbutter

500 g Rosenkohl
30 g Butter
3 TL körniger Senf
2 TL flüssiger Honig

Den Rosenkohl putzen und die Strünke unten kreuzweise einschneiden. Die Röschen in einen großen Dämpfkorb geben. Den Korb schließen und in den Wok oder in einen Topf über kochendes Wasser setzen. Den Rosenkohl 15 Minuten dämpfen, bis die Röschen weich sind, dann sofort kalt abschrecken, damit der Garprozess gestoppt wird.

Die Butter mit Senf und Honig in einem Topf bei schwacher Hitze unter Rühren zerlassen. Die Rosenkohlröschen hinzufügen und rühren, bis sie heiß und gleichmäßig von der Senfbutter überzogen sind. Auf eine Servierplatte häufen und sofort servieren.

Für 4 Personen

Quinoa mit Rosenkohl und Mangold

200 g Quinoa
250 ml Geflügelfond oder Hühnerbrühe
5 Rosenkohlröschen, in dicke Scheiben geschnitten
100 g Mangold, in Streifen geschnitten
½ kleine rote Zwiebel, in dünne Halbringe geschnitten
25 g Walnusskerne, in Stücke gebrochen

Dressing
1½ EL Olivenöl
1 EL Walnussöl
2 TL Balsamico-Essig
2 TL Dijonsenf
1 Knoblauchzehe, zerdrückt

Quinoa in eine Schüssel geben und mit Wasser bedecken. 2–3 Minuten einweichen, dann in ein Sieb schütten und in einen großen flachen Topf (mit passendem Deckel) füllen und salzen. Den Fond oder die Brühe unterrühren und die Rosenkohlscheiben auf das Getreide streuen.

Das Ganze bei mittlerer Hitze aufkochen, dann auf schwache Hitze herunterschalten. Den Topf mit Alufolie und dem Deckel fest verschließen. Quinoa und Rosenkohl in der feuchten Hitze 10–15 Minuten garen. Den Mangold hinzufügen und den Quinoa mit einer Gabel auflockern. Alles weitere 10 Minuten dämpfen, bis der Rosenkohl weich ist und die Mangoldstreifen zusammengefallen sind.

Inzwischen die Zutaten für das Dressing in ein Schraubdeckelglas geben. Das Glas verschließen und kräftig schütteln. Das Dressing mit Salz und schwarzem Pfeffer aus der Mühle abschmecken.

Zwiebelringe und Nüsse in eine große Schüssel geben. Den Topfinhalt und das Dressing hinzufügen und alles behutsam mit einer Gabel mischen. Das Gericht warm oder mit Raumtemperatur servieren.

Für 4 Personen

Brokkolini mit Bohnen-Erbsen-Pesto

100 g Tiefkühl-Erbsen
100 g Dicke-Bohnen-Kerne
40 g Parmesan, gerieben
4 EL in feine Streifen geschnittenes Basilikum
1 Knoblauchzehe, zerdrückt
2 TL in Streifen abgezogene unbehandelte Zitronenschale
30 g grob gehackte geröstete Pekannüsse
4 EL Olivenöl
450 g Brokkolini (Spargelbrokkoli) oder Brokkoli

Erbsen und Bohnenkerne in einen Dämpfeinsatz geben. Den Dämpfeinsatz in einen passenden Topf über kochendes Wasser setzen und den Deckel auflegen. Die Hülsenfrüchte 2 Minuten dämpfen, bis sie halb gegart sind.

Erbsen und Bohnen in einen Durchschlag schütten und mit kaltem Wasser abschrecken. Gut abtropfen lassen, dann in die Küchenmaschine geben. Parmesan, Basilikum, Knoblauch, Zitronenschale sowie Salz und Pfeffer aus der Mühle hinzufügen und alles in kurzen Intervallen grob zerkleinern. Die Mischung in eine große Schüssel füllen, Nüsse und Olivenöl unterrühren. Das Pesto mit Salz und Pfeffer aus der Mühle abschmecken.

Die Brokkolini in den Dämpfeinsatz geben und zugedeckt 5 Minuten dämpfen, bis das Gemüse knapp gar ist.

Das Pesto mit 2 EL Dämpfflüssigkeit verdünnen, dann die heißen Brokkolini hinzufügen und alles behutsam mischen. Sofort servieren.

Für 4 Personen

Spargelbündel mit Käsehaube

12 grüne Spargelstangen
1 EL bestes Olivenöl
1 EL Zitronensaft
4 Scheiben luftgetrockneter Schinken
75 g Ricotta oder Magerquark
25 g Parmesan, gerieben

Von den Spargelstangen die harten Enden abschneiden und die Stangen im unteren Drittel schälen. Die Stangen quer halbieren und in einen Dämpfkorb legen. Den Korb schließen und in den Wok oder in einen Topf über kochendes Wasser setzen. Den Spargel 5–7 Minuten dämpfen, bis er weich ist.

Den Spargel in eine Schüssel geben und mit dem Olivenöl, dem Zitronensaft und etwas Salz und Pfeffer aus der Mühle mischen. Bündel aus je 6 Spargelhälften (3 mit, 3 ohne Köpfe) in die Schinkenscheiben wickeln. Die Bündel auf ein mit Backpapier belegtes Backblech legen. Den Backofengrill vorheizen.

Den Ricotta oder Quark mit dem Parmesan verrühren und die Mischung auf den Schinken streichen. Das Blech unter den heißen Grill schieben und die Bündel etwa 10 Minuten grillen, bis die Käsecreme etwas Farbe angenommen hat. Die Spargelbündel sofort servieren.

Für 4 Personen

Kichererbsen mit Mangold

250 g getrocknete Kichererbsen
1 Möhre, gewürfelt
1 Stängel glatte Petersilie
1 Lorbeerblatt
2 Zwiebeln, gehackt
80 ml bestes Olivenöl
1 Knoblauchzehe, gehackt
2 Tomaten, gehackt
250 g Mangold, gründlich gewaschen und gehackt
2 hart gekochte Eier, geschält und gewürfelt

Die Kichererbsen über Nacht in Wasser einweichen. Abgießen, abtropfen lassen und mit der Möhre, der Petersilie, dem Lorbeerblatt und der Hälfte der gehackten Zwiebeln in einen großen Topf geben. Mit 750 ml Wasser bedecken, zum Kochen bringen und etwa 20 Minuten garen, bis die Kichererbsen fast weich sind. 2 TL Salz und die Hälfte des Olivenöls unterrühren und weitere 10 Minuten garen.

Das restliche Öl in einer Pfanne auf mittlerer Stufe erhitzen. Die verbliebenen Zwiebeln und den Knoblauch 5 Minuten anschwitzen, die gehackten Tomaten zugeben und weitere 5 Minuten garen. Die Mischung unter die Kichererbsen heben. Das Ganze sollte von saucenähnlicher Konsistenz, jedoch nicht so dünn wie eine Suppe sein. Den Mangold unterrühren und noch einmal 5 Minuten garen, bis er zart ist. Das Gericht kräftig mit Salz und Pfeffer aus der Mühle abschmecken, mit den hart gekochten Eiern garnieren und servieren.

Für 4 Personen

»Verwitwete« Kartoffeln

etwas Mehl zum Bestäuben und Binden
500 ml bestes Olivenöl
3 große vorwiegend festkochende Kartoffeln (z. B. Desiree), geschält und in 1 cm dünne Scheiben geschnitten
3 Eier, verquirlt
4 Knoblauchzehen, fein gehackt
2 kleine Zwiebeln, fein gehackt
4 kleine Tomaten, enthäutet, entkernt und fein gehackt
1 TL Zucker
400 ml Rinderfond
Salz

Das Mehl zum Bestäuben auf einen Teller geben. Das Olivenöl in einer Pfanne mit hohem Rand auf mittlerer bis hoher Stufe erhitzen.

Den Backofen auf 160 °C vorheizen. Die Kartoffelscheiben durch das verquirlte Ei ziehen, anschließend in Mehl wenden und von jeder Seite 2 Minuten goldgelb frittieren. Abtropfen lassen und in eine ofenfeste Pfanne oder eine Auflaufform schichten.

In demselben Öl den Knoblauch und die Zwiebeln bei mittlerer Hitze 5 Minuten anschwitzen. Die gehackten Tomaten zugeben und auf kleiner Flamme garen, bis die Mischung leicht eindickt. Den Zucker unterrühren.

Sorgfältig ½ Teelöffel Mehl unter die Tomaten rühren und die Mischung gleichmäßig über den Kartoffeln verteilen. Mit dem Fond übergießen und leicht salzen. Die Kartoffeln zugedeckt im vorgeheizten Backofen 45 Minuten backen. Deckel abnehmen und weitere 15 Minuten garen, bis das Gemüse weich ist.

Für 4 Personen

Erbsen auf valenzianische Art

einige Safranfäden
2 EL Weißwein
2 EL Olivenöl
1 kleine Zwiebel, fein gewürfelt
1 Knoblauchzehe, zerdrückt
¼ TL gemahlener Kreuzkümmel
125 ml Hühnerfond
1 Lorbeerblatt
300 g frische oder tiefgefrorene Erbsen
2 EL gehackte glatte Petersilie

Die Safranfäden 10 Minuten in dem Weißwein einweichen, damit sie etwas von ihrer Farbe abgeben. Das Öl in einem Topf auf mittlerer Stufe erhitzen. Die Zwiebel, den Knoblauch und den Kreuzkümmel 2–3 Minuten anschwitzen, den Wein mit dem Safran, den Fond, das Lorbeerblatt und die Erbsen zugeben und mit Salz und frisch gemahlenem Pfeffer würzen.

Den Topfinhalt rasch zum Kochen bringen und dann bei geringer Hitze etwa 5 Minuten köcheln lassen, bis die Erbsen weich sind und die Flüssigkeit verdampft ist. Noch einmal mit Salz und Pfeffer abschmecken, mit der Petersilie bestreuen und servieren.

Für 4 Personen

Geschmorter Radicchio

1 kg Radicchio
2 EL Olivenöl
100 g durchwachsener Speck, in dünne Streifen geschnitten

Den Backofen auf 180 °C vorheizen. Den Radicchio von den äußeren Blättern befreien und die Köpfe vierteln.

Das Öl in einem ofenfesten Schmortopf, in den die Radicchioviertel nebeneinander hineinpassen, erhitzen. Die Speckstreifen darin bei mittlerer Hitze braten, bis sie glasig, aber noch nicht knusprig sind. Den Radicchio hinzufügen und durch Wenden mit dem Fett überziehen. Zugedeckt im heißen Ofen 25–30 Minuten schmoren, bis er weich ist (zur Garprobe mit einem spitzen Messer hineinstechen). Während des Schmorens gelegentlich wenden. Anschließend mit Salz und Pfeffer aus der Mühle würzen und mit dem Schmorsud in eine vorgewärmte Servierschale geben. Sofort servieren.

Für 4 Personen

Gefüllte Paprika mit Lamm und Couscous

6 rote oder gelbe Paprikaschoten, je etwa 150–180 g
140 g Couscous
2½ EL Olivenöl
1 Zwiebel, gerieben
2 Knoblauchzehen, gehackt
1 TL gemahlener Kreuzkümmel
2 TL gemahlener Koriander
½ TL gemahlener Piment
1 große Prise Chiliflocken (nach Belieben)
1 kleine Handvoll glatte Petersilie, gehackt
1 kleine Handvoll Minze, gehackt
1 TL abgeriebene Zitronenschale
250 g Lamm-Hackfleisch
65 g gehackte Pistazien
500 ml Passata

Den Backofen auf 190 °C vorheizen. Die Deckel von den Paprikaschoten abschneiden und aufbewahren. Kerne und Scheidewände der Paprikaschoten sauber entfernen.

Den Couscous in eine große, hitzebeständige Schüssel geben. Mit 125 ml kochendem Wasser übergießen und abgedeckt 3–5 Minuten quellen lassen, bis er das ganze Wasser aufgenommen hat. 1 EL Öl unterrühren und den Couscous mit einer Gabel auflockern. Zwiebel, Knoblauch, Gewürze, Kräuter und Zitronenschale untermischen. Hackfleisch und Pistazien zufügen, mit Salz und schwarzem Pfeffer aus der Mühle würzen. Dann alles mit den Händen gut vermengen.

Die Paprikaschoten mit der Masse füllen und in eine ofenfeste Form setzen, in der sie nicht umkippen. Die Deckel auf die Schoten legen.

Die Passata mit 250 ml Wasser verdünnen und in die Form mit den Paprikaschoten gießen. Das restliche Öl über die Paprika träufeln. Mit Alufolie abdecken und 20 Minuten im Ofen garen, dann die Folie abnehmen und weitere 25 Minuten garen, bis Paprika und Füllung gar sind. Heiß oder lauwarm mit der Tomatensauce servieren.

Für 6 Personen

Caponata mit Tomaten, Auberginen und Oliven

3 feste Tomaten
5 Schalotten, geputzt, aber ungeschält
3 schlanke Auberginen, längs in 5 mm dicke Scheiben geschnitten
2 rote Paprikaschoten, geviertelt
50 g Kalamata-Oliven ohne Stein
1 EL geröstete Pinienkerne
3 EL gehackte Minze
3 EL Olivenöl
3 TL Weißweinessig
1 TL feiner Zucker
1 Knoblauchzehe, zerdrückt

Den Grill auf hoher Stufe vorheizen. Die Grillpfanne mit Alufolie auslegen. Tomaten und Zwiebeln auf den Rost über die Grillpfanne setzen und 10 Minuten garen, bis die Haut der Tomaten stellenweise schwarz wird und platzt. Zwischendurch häufig wenden. Die Tomaten vom Rost nehmen. Auberginen und Paprika mit der Haut nach oben darauflegen. 8 Minuten unter dem Grill bräunen. Die Auberginen nach der Hälfte der Zeit wenden. Das Gemüse vom Grill nehmen. Die Paprika in einen Gefrierbeutel legen und etwas abkühlen lassen.

Die Tomaten häuten und in 2 cm große Stücke schneiden. Abtropfen lassen. Die Auberginen in breite Streifen schneiden und in eine Schüssel legen. Wenn die Paprikastücke abgekühlt sind, die Haut abziehen und das Fleisch in Stücke schneiden. Die Zwiebeln längs halbieren und leicht drücken, um das Fleisch aus der Schale zu lösen. Paprika und Zwiebeln zu den Auberginen geben. Oliven, Pinienkerne und Minze zufügen und mischen.

Öl, Essig, Zucker und Knoblauch in ein Schraubglas geben und gut schütteln. Kräftig mit Salz und Pfeffer würzen. Über das gegrillte Gemüse träufeln. Die abgetropften Tomaten untermischen. Zimmerwarm servieren.

Für 4 Personen

Kleine Gerichte und Hauptgerichte

Gemüse im Filoteig mit Schafskäse und Pesto

30 g Butter
2 Knoblauchzehen, zerdrückt
150 g grüne Spargelstangen, geputzt, in kleine Stücke geschnitten
1 Möhre, in streichholzfeine Stifte geschnitten
1 Zucchini, in streichholzfeine Stifte geschnitten
1 rote Paprikaschote, in streichholzfeine Stifte geschnitten
6 Frühlingszwiebeln, schräg in Scheiben geschnitten
100 g milder Schafskäse (Feta), zerkrümelt
8 Filoteigblätter
60 g Butter, zerlassen
100 g Pesto guter Qualität
2 TL Sesamsamen
Tomatenchutney, zum Servieren

Den Backofen auf 200 °C vorheizen. Die Butter in einer großen Pfanne zerlassen. Den Knoblauch und das gesamte Gemüse hineingeben und bei mittlerer Temperatur 3–4 Minuten anschwitzen, bis das Gemüse eben weich ist. Vollständig abkühlen lassen, dann den Schafskäse unterheben. Die Mischung in vier gleich große Portionen teilen.

Auf einer Arbeitsfläche 4 Filoteigblätter auslegen; die restlichen Blätter mit einem feuchten Küchentuch abdecken. Die Teigblätter mit zerlassener Butter bestreichen, anschließend übereinanderlegen und quer halbieren. In die Mitte der halbierten Teigblätter jeweils 1 EL Pesto verstreichen, dabei an den Längsseiten einen 2 cm breiten Rand frei lassen, und eine Portion der Gemüse-Feta-Mischung daraufgeben. Die restlichen Teigblätter genauso verarbeiten.

Die Teigränder mit etwas zerlassener Butter bestreichen, die Seiten einschlagen und die Blätter von der unteren Kante her aufrollen. Die Päckchen mit der Nahtseite nach unten auf ein eingefettetes Backblech legen, mit der restlichen Butter bestreichen und mit Sesamsamen bestreuen. 20–25 Minuten im Ofen goldgelb backen. Schräg halbieren und heiß mit dem Tomatenchutney servieren.

Für 4 Personen

Pilz-Risotto mit Hähnchen und Oliven-Kräuter-Streuseln

1,25 l Hühnerbrühe
1 EL Olivenöl
20 g Butter
2 Lauchstangen, nur der weiße Teil, in dünne Ringe geschnitten
1 Knoblauchzehe, zerdrückt
400 g braune Champignons, in Scheiben geschnitten
350 g Arborio-Reis
350 g Hähnchenbrustfilet, gewürfelt
1 große Handvoll junger Blattspinat
65 g Parmesan, fein gerieben

Oliven-Kräuter-Streusel
100 g grüne Oliven ohne Stein, in dünne Scheiben geschnitten
1 kleine Handvoll Basilikum, grob gehackt
1 kleine Handvoll glatte Petersilie, grob gehackt
1 EL abgeriebene Zitronenschale

25 g Parmesan, gehobelt, zum Bestreuen

Alle Zutaten für die Oliven-Kräuter-Mischung in einer kleinen Schüssel verrühren und bis zum Servieren beiseitestellen.

Die Brühe in einem Topf aufkochen und bei niedriger Temperatur heiß halten.

Olivenöl und Butter in einem großen, schweren Topf bei mittlerer Temperatur erhitzen. Lauch und Knoblauch zugeben und 2 Minuten anschwitzen, bis der Lauch weich wird. Die Pilze zugeben und weitere 2 Minuten anschwitzen, bis sie weich werden.

Den Reis zugeben und unter ständigem Rühren anschwitzen, bis er glasig wird. Eine Kelle heiße Brühe zum Reis geben und rühren, bis die Flüssigkeit ganz aufgesogen ist. Die restliche Brühe Kelle für Kelle zufügen und jeweils rühren, bis die vorherige Zugabe aufgesogen ist. Mit den letzten Kellen das Fleisch zugeben und weitere 5 Minuten köcheln lassen, bis der Reis noch etwas bissfest und das Fleisch gar ist.

Spinat und Parmesan unterrühren. Das Risotto auf Portionsteller verteilen, mit Parmesanspänen und der Oliven-Kräuter-Mischung bestreuen und servieren.

Für 4 Personen

Gnocchi mit Spinat

500 g mehlig kochende Kartoffeln, geschält, in kleine Würfel geschnitten
250 g Süßkartoffeln, geschält, in kleine Würfel geschnitten
1 Eigelb
2 EL Milch
¼ TL geriebene Muskatnuss
150 g Mehl
1 EL Olivenöl
4 dünne Scheiben Schinkenspeck, in dünne Streifen geschnitten
1 kleine Zwiebel, gewürfelt
80 ml süßer Sherry
500 g Blattspinat, geputzt
40 g Butter
2 EL geröstete Pinienkerne

Backofen auf 220 °C vorheizen. Alle Kartoffeln auf einem Backblech im Ofen 40–60 Minuten backen, bis sie weich sind. 10 Minuten ruhen lassen. Noch warm durch eine Kartoffelpresse in eine große Schüssel drücken. Eigelb und Milch dazugeben, dann Muskat, 125 g Mehl und 1¼ TL Salz. Alle Zutaten gut mischen.

Alles vorsichtig verkneten, bis ein weicher Teig entstanden ist. Eventuell noch Mehl dazugeben, falls der Teig zu klebrig ist. Den Teig zu 2 cm dicken Rollen formen, diese schräg in 2 cm breite Scheiben schneiden. Auf einer Seite mit den Zinken einer Gabel etwas flach drücken.

Das Öl in einer großen Pfanne erhitzen, Speck und Zwiebel darin bei mittlerer Hitze 5 Minuten braten. Den Sherry angießen, gut verrühren und in 2 Minuten etwas einkochen lassen. Den Spinat dazugeben und unter Rühren in 2 Minuten zusammenfallen lassen. Die Butter unterrühren, salzen und pfeffern. Die Sauce warm stellen.

Die Gnocchi portionsweise in einem Topf mit leicht kochendem Wasser 2–3 Minuten garen, bis sie an die Oberfläche steigen. Die Gnocchi abgießen und mit der Sauce mischen. Die Pinienkerne darüberstreuen.

Für 4 Personen

Spargel-Pistazien-Risotto

1,5 l Gemüsefond
250 ml trockener Weißwein
4 EL bestes Olivenöl
1 rote Zwiebel, fein gewürfelt
400 g Arborio-Reis
300 g grüne Spargelstangen, in kurze Stücke geschnitten
125 g Sahne
100 g geriebener Parmesan
40 g Pistazienkerne, geröstet und grob gehackt

In einem großen Topf den Gemüsefond mit dem Wein sanft köcheln lassen.

Das Öl in einem zweiten großen Topf erhitzen und die Zwiebel auf mittlerer Stufe in 3 Minuten weich schwitzen. Den Reis einstreuen und 1 Minute rühren, bis er glasig ist.

125 ml heißen Gemüsefond angießen und unter Rühren vollständig vom Reis aufnehmen lassen. Anschließend schöpflöffelweise weiteren Fond dazugeben, dabei ständig rühren und immer erst die letzte Portion Fond in den Reis einkochen lassen, bis nach etwa 20–25 Minuten ein weicher, cremiger Risotto entstanden ist. Gegebenenfalls wird nicht der gesamte Fond gebraucht, oder aber er muss mit heißem Wasser gestreckt werden, da die Flüssigkeitsaufnahme von Risottoreis sehr unterschiedlich sein kann. Den Spargel 5 Minuten vor Ende der Garzeit zum Reis geben.

Den Topf vom Herd nehmen, den Risotto 2 Minuten ruhen lassen, anschließend die Sahne und den Parmesan unterziehen und großzügig mit Salz und Pfeffer würzen. Den Risotto mit den Pistazienkernen bestreuen und servieren.

Für 4–6 Personen

Pasta mit Auberginen und Pilzen

2 EL Olivenöl
250 g Champignons, in Scheiben geschnitten
1 Aubergine, gewürfelt
2 Knoblauchzehen, zerdrückt
2 Dosen gehackte Tomaten (je 400 g)
500 g Bucatini oder Spaghetti
1 große Handvoll Petersilie, gehackt (nach Belieben)

Das Öl in einem Topf bei mittlerer Hitze heiß werden lassen. Pilze, Aubergine und Knoblauch darin unter Rühren 4 Minuten braten. Die Tomaten hinzufügen und unterrühren. Das Ganze bei schwacher Hitze zugedeckt 15 Minuten köcheln lassen.

Inzwischen die Pasta in reichlich sprudelnd kochendem Salzwasser bissfest garen. In ein Sieb schütten, gut abtropfen lassen und wieder in den Topf geben. Die Sauce mit Salz und Pfeffer abschmecken und nach Belieben die Petersilie unterrühren. Zur Pasta geben und untermischen. Das Gericht sofort servieren.

Für 4–6 Personen

Tipp: Falls die Pasta gar ist, bevor die Sauce fertig ist, können Sie etwas Olivenöl unter die gegarten Nudeln mischen, damit sie nicht zusammenkleben.

Frittata mit Zucchiniblüten und Ricotta

2 EL Olivenöl
1 Zwiebel, fein gewürfelt
2 Knoblauchzehen, in dünne Scheiben geschnitten
8 sehr kleine Zucchini mit Blüten
8 Eier, leicht verquirlt
1 EL gehackter Oregano
35 g Ricotta salata, gerieben (siehe Tipp)
25 g geriebener Parmesan
1 EL gehobelter Parmesan
Zitronenspalten, zum Servieren

Den Backofen auf 200 °C vorheizen. Das Öl in einer ofenfesten Pfanne (20 cm Ø) erhitzen. Zwiebel und Knoblauch darin weich braten. Die Zucchini gleichmäßig in der Pfanne verteilen, dann die Eier darübergießen. Mit Oregano, Ricotta und Parmesan bestreuen, mit schwarzem Pfeffer würzen.

Die Frittata im Ofen etwa 10 Minuten garen, bis die Eiermasse gestockt ist. Leicht abkühlen lassen. Mit dem gehobelten Parmesan garnieren, in Stücke schneiden und mit Zitronenspalten servieren.

Für 4 Personen

Tipp: Ricotta salata ist gereifter Ricotta, ein fester weißer Käse ohne Rinde mit nussigem, milchig-süßem Geschmack. Stattdessen können Sie auch einen milden Feta verwenden.

Rote-Bete-Ravioli mit Salbeibutter

1 Glas süßsauer eingelegte Rote Bete (Scheiben oder Kugeln, 370 ml)
50 g Parmesan, gerieben
250 g Ricotta
750 g frische Nudelblätter
feiner Maisgrieß, zum Bestreuen
200 g kalte Butter in Stückchen
8 Salbeiblätter, in Streifen geschnitten
2 Knoblauchzehen, zerdrückt
Parmesanspäne, zum Bestreuen

Die Rote Bete abtropfen lassen, mit einem schweren Messer fein hacken und in eine Schüssel geben. Parmesan und Ricotta hinzufügen und unterrühren. Ein Nudelblatt auf der Arbeitsfläche ausbreiten. In drei Reihen je 4 Häufchen aus je 1 EL der Masse daraufsetzen und etwas flach drücken. Die Ränder des Blattes und die Zwischenräume mit Wasser bepinseln.

Ein zweites Nudelblatt auf das erste legen und um die Füllung herum festdrücken. Das Ganze mit einem Teigrädchen oder einem scharfen Messer in 12 Ravioli zerschneiden. Ein Backblech mit Backpapier belegen und mit Maisgrieß bestreuen. Die Ravioli nebeneinander darauflegen. Mit den restlichen Nudelblättern und der restlichen Füllung ebenso verfahren. Nach dem Zerschneiden die Ränder der Ravioli noch einmal fest zusammendrücken.

Die Ravioli in reichlich sprudelnd kochendem Salzwasser bissfest garen. In ein Sieb schütten und gut abtropfen. Die Butter in einem Topf zerlassen und in 3–4 Minuten goldbraun werden lassen. Vom Herd nehmen, Salbei, Knoblauch und Salz unterrühren. Die Ravioli auf Teller verteilen und die Salbeibutter mit einem Löffel darübergeben. Mit Parmesanspänen bestreuen und servieren.

Für 4 Personen

Kalte Gemüselasagne mit Rucola

Balsamico-Sirup
4 EL Balsamico-Essig
1½ EL brauner Zucker

150 g junge Erbsen, frisch oder tiefgekühlt
16 grüne Spargelstangen, von den holzigen Enden befreit und in kurze Stücke geschnitten
2 große Zucchini, längs in dünne Streifen geschnitten
4 frische Nudelblätter (je 24 × 35 cm)
1 Handvoll Rucola, in Stücke gezupft
1 sehr große Handvoll Basilikumblätter, in Stücke gezupft
2 EL Olivenöl
250 g Ricotta
150 g halbgetrocknete Tomaten
Parmesanspäne, zum Servieren

Den Balsamico mit dem Zucker in einen Topf geben. Bei mittlerer Hitze rühren, bis der Zucker sich aufgelöst hat. 3–4 Minuten köcheln lassen, bis die Mischung sirupartig ist. Sofort vom Herd nehmen.

In einem Topf reichlich Salzwasser aufkochen. Erbsen, Spargel und Zucchini darin bissfest garen. Herausheben und in kaltem Wasser abschrecken. Das Wasser erneut aufkochen lassen. Die Nudelblätter darin in 1–2 Minuten bissfest garen. Abschrecken, gut abtropfen lassen und längs halbieren.

Das Gemüse mit Rucola, Basilikum und Öl mischen; mit Salz und Pfeffer abschmecken.

Ein Nudelblatt mittig auf einen Teller legen. Etwas Salat, etwas Ricotta und einige Tomaten daraufgeben. Salzen, pfeffern und eine Seite des Nudelblatts darüberklappen. Salat, Ricotta und Tomaten auf das umgeklappte Nudelblatt geben. Salzen und pfeffern, dann die andere Seite des Blatts darüberklappen. Mit ein wenig Salat und Tomaten garnieren. Auf diese Weise drei weitere Portionen zubereiten. Kurz vor dem Servieren mit dem Balsamico-Sirup beträufeln und mit Parmesanspänen bestreuen.

Für 4 Personen

Curry mit Süßkartoffel und Aubergine

1 EL Öl
1 Zwiebel, gewürfelt
1–2 EL grüne Currypaste (siehe Tipp)
1 Aubergine, geviertelt und in Scheiben geschnitten
400 ml Kokosmilch
250 ml Gemüsebrühe
6 Kaffirlimettenblätter, in feine Streifen geschnitten
1 orangefarbene Süßkartoffel, gewürfelt
2 EL brauner Zucker
2 EL Limettensaft
2 TL abgeriebene Limettenschale
Korianderblätter, zum Garnieren

Das Öl in dem Wok oder in einer Pfanne erhitzen. Zwiebel und Currypaste darin unter Rühren bei mittlerer Hitze 3 Minuten braten. Aubergine hinzufügen und in 4–5 Minuten weich braten. Kokosmilch und Gemüsebrühe dazugeben, aufkochen und bei schwacher Hitze 5 Minuten köcheln lassen. Kaffirlimettenblätter und Süßkartoffel hinzufügen und alles unter gelegentlichem Rühren 10 Minuten garen, bis das Gemüse sehr weich ist.

Zucker, Limettensaft und Limettenschale untermischen. Das Curry mit Salz abschmecken, mit Korianderblättern garnieren und mit gedämpftem Reis servieren.

Für 4–6 Personen

Tipp: Achten Sie darauf, dass Sie eine vegetarische Currypaste verwenden, die keine Garnelenpaste enthält.

Moussaka mit Pilzen

Öl für die Form
1 Aubergine, in 1 cm breite Scheiben geschnitten
1 große Kartoffel, in 1 cm breite Scheiben geschnitten
30 g Butter
1 Zwiebel, fein gewürfelt
2 Knoblauchzehen, fein gewürfelt
500 g Wiesenchampignons, in Scheiben geschnitten
400 g stückige Tomaten aus der Dose
½ TL Zucker
40 g Butter, extra
40 g Mehl
500 ml Milch
1 Ei, leicht verquirlt
40 g geriebener Parmesan

Den Backofen auf 220 °C vorheizen. Ein Backblech mit Alufolie auslegen und mit Öl bestreichen. Auberginen und Kartoffeln darauf verteilen, salzen, pfeffern und 20 Minuten rösten. Die Butter in einer Pfanne zerlassen. Die Zwiebel 3–4 Minuten darin anschwitzen, dann den Knoblauch 1 Minute mitgaren, bis er duftet. Die Temperatur erhöhen und die Pilze 2–3 Minuten pfannenrühren. Tomaten zufügen und auf kleinerer Stufe 8 Minuten köcheln lassen, bis die Mischung reduziert ist. Den Zucker einrühren.

Die zusätzliche Butter in einem Topf auf kleiner Stufe zerlassen und das Mehl 1 Minute unterrühren. Vom Herd nehmen, die Milch zugießen und glatt rühren. Den Topf zurück auf den Herd stellen, weiterrühren, bis die Sauce aufkocht und eindickt. Vom Herd nehmen und das Ei und den Parmesan in die heiße, aber nicht mehr kochende Sauce rühren.

Die Ofentemperatur auf 180 °C herunterschalten. Eine Auflaufform (1,5 l) einfetten. Ein Drittel der Pilzmischung, dann die Kartoffeln, ein weiteres Drittel Pilzmischung, die Auberginen und zuletzt die restliche Pilzmischung einschichten. Die Sauce darübergießen 30–35 Minuten im Ofen backen Vor dem Servieren 10 Minuten ruhen lassen.

Für 4–6 Personen

Würzige Brokkoli-Blumenkohl-Pfanne mit Halloumi

1 TL gemahlener Kreuzkümmel
1 TL gemahlener Koriander
2 EL Öl
2 Knoblauchzehen, zerdrückt
1 TL geriebener frischer Ingwer
½ TL gemahlener Chili
1 Zwiebel, in Spalten geschnitten
200 g Blumenkohl, in mundgerechten Röschen
200 g Brokkoli, in mundgerechten Röschen
200 g Halloumi (zypriotischer Grillkäse), in kleine Würfel geschnitten
1 EL Zitronensaft

Einen Wok sehr heiß werden lassen und den Kreuzkümmel und Koriander ohne Fett 1 Minute darin rösten. Öl, Knoblauch, Ingwer und gemahlenen Chili dazugeben, kurz pfannenrühren, dann die Zwiebelspalten hinzufügen und 2–3 Minuten unter Rühren mitgaren. Darauf achten, dass die Gewürze nicht verbrennen.

Blumenkohl- und Brokkoliröschen einfüllen und weiterrühren, bis sie gar, aber noch bissfest sind, dann den Halloumi untermischen, bis er von den Gewürzen überzogen ist und zu schmelzen beginnt. Großzügig salzen und pfeffern und mit Zitronensaft beträufelt servieren.

Für 4 Personen

Nudelauflauf mit Hähnchen und Brokkoli

300 g Fusilli
1 Dose Champignoncremesuppe (etwa 400 g)
2 Eier
150 g Mayonnaise
1 EL Dijonsenf
200 g geriebener Käse
1 EL Öl
600 g Hähnchenbrustfilet, in Streifen
400 g Tiefkühl-Brokkoliröschen, aufgetaut
50 g frische Brotkrumen

Den Backofen auf 180 °C vorheizen. Die Pasta in Salzwasser bissfest garen. Abschütten, abtropfen lassen; wieder in den Topf geben. Die Suppe mit Eiern, Mayonnaise, Senf und der Hälfte des Käses verrühren.

Das Öl in einer Pfanne erhitzen. Fleisch darin anbraten. Mit Salz und Pfeffer würzen, herausnehmen und abkühlen lassen.

Hähnchenfleisch und Brokkoli zu den Nudeln geben. Suppenmischung unterrühren. In eine Auflaufform (3 l Inhalt) füllen. Die Brotkrumen mit dem restlichen Käse mischen und auf den Auflauf streuen. Den Auflauf im heißen Ofen in 20 Minuten goldbraun backen.

Für 6–8 Personen

Blätterteig-Champignon-Pasteten

5 EL Olivenöl
1 Lauchstange, in dünne Ringe geschnitten
1 Knoblauchzehe, zerdrückt
1 kg Champignons, grob gehackt
1 TL gehackter Thymian
300 g Sahne
1 Packung fertig ausgerollter Blätterteig (etwa 250 g; Kühlregal)
1 Eigelb, verquirlt

Den Backofen auf 180 °C vorheizen. 1 EL Öl in einer Pfanne erhitzen. Lauch und Knoblauch hinzufügen und bei mittlerer Hitze 5 Minuten anbraten. Alles in einen großen Topf geben.

Das restliche Öl in der Pfanne stark erhitzen und die Pilze in zwei Portionen unter häufigem Rühren je 5–7 Minuten braten, bis sie weich und leicht gebräunt sind. Zu dem Lauch in den Topf geben, Thymian hinzufügen.

Den Topf auf den Herd stellen, die Sahne unter das Gemüse mischen. Alles 7–8 Minuten stark erhitzen, ab und zu umrühren, bis die Sahne zu einer dicken Sauce reduziert ist. Vom Herd nehmen und mit reichlich Salz und Pfeffer würzen.

Die Füllung auf vier ofenfeste Formen (à etwa 350 ml Inhalt) verteilen. Aus dem Teig 4 Kreise ausschneiden, die etwas größer sind als der Durchmesser der Formen. Die Formen am Rand mit Eigelb bepinseln, den Teig auflegen und gut andrücken. Mit Eigelb bepinseln. Die Formen auf ein Backblech stellen und 20–25 Minuten backen, bis der Teig aufgegangen und goldbraun ist.

Für 4 Personen

Grünes Wok-Gemüse mit Sesam und Sojasauce

2 EL helle Sojasauce
1 EL Hoisinsauce
1 EL Gemüsebrühe
2 EL Öl
1 TL Sesamöl
4 Knoblauchzehen, in dünne Scheiben geschnitten
2 EL in feine Streifen geschnittener frischer Ingwer
2 kg kleine Pak choi, geviertelt, gewaschen und abgetropft
200 g Zuckerschoten, geputzt
2 EL Bambussprossen, in feine Streifen geschnitten
Jasminreis, zum Servieren

In einer kleinen Schüssel helle Sojasauce, Hoisinsauce und Gemüsebrühe mischen.

Im Wok Öl und Sesamöl sehr heiß werden lassen. Knoblauch, Ingwer und Pak choi hineingeben und 3 Minuten pfannenrühren. Zuckerschoten, Zuckererbsen und Bambussprossen hinzufügen und weitere 5 Minuten pfannenrühren. Die Sauce hineingeben und kurz einkochen lassen. Das Gemüse sofort servieren, den Jasminreis dazu reichen.

Für 4 Personen

Gemüsetopf mit Kräuterklößchen

1 EL Olivenöl
1 große Zwiebel, gewürfelt
2 Knoblauchzehen, zerdrückt
2 TL Paprikapulver edelsüß
1 große Kartoffel, gewürfelt
1 große Möhre, in Scheiben geschnitten
1 Dose gehackte Tomaten (400 g)
375 ml Gemüsebrühe
400 g orangefleischige Süßkartoffeln, gewürfelt
150 g Brokkoli, in Röschen geschnitten
2 Zucchini, in dicke Scheiben geschnitten
125 g Mehl
1 Messerspitze Backpulver
20 g kalte Butter, in Stückchen geschnitten
2 TL gehackte Petersilie
1 TL Thymian
1 TL gehacktes Rosmarin
4 EL Milch
2 EL saure Sahne

Das Öl in einem Topf erhitzen. Die Zwiebel bei schwacher Hitze glasig dünsten. Knoblauch und Paprika unter Rühren 1 Minute mitdünsten.

Kartoffel, Möhre, Tomaten und Brühe in den Topf geben. Zum Kochen bringen, dann bei schwacher Hitze zugedeckt 10 Minuten köcheln lassen. Süßkartoffeln, Brokkoli und Zucchini untermischen und 10 Minuten mitköcheln lassen, bis alles Gemüse weich ist. Mit Salz und etwas Pfeffer abschmecken. Den Backofen auf 200 °C vorheizen.

Für die Klößchen Mehl mit Backpulver und 1 Prise Salz in einer Schüssel mischen. Die Butter dazugeben und mit den Fingerspitzen einarbeiten. Kräuter und Milch unterarbeiten, bis ein weicher Teig entsteht. Den Teig in 8 Portionen teilen. Jede Portion zu einer Kugel formen.

Die Sahne unter das Gemüse rühren und das Ganze in eine ofenfeste Form (2 l Inhalt) füllen. Die Klößchen daraufsetzen. 20 Minuten im heißen Ofen backen, bis die Klößchen goldgelb sind. Kurz vor Ende der Garzeit mit einem Holzspieß in ein Klößchen stechen. Die Klöße sind gar, wenn an dem Spieß beim Herausziehen keine Krümel haften bleiben.

Für 4 Personen

Pasta mit Sardellen, Brokkoli und Basilikum

600 g Brokkoli, in Röschen geteilt
500 g Orecchiette
1 EL Olivenöl
4 Knoblauchzehen, fein gewürfelt
8 Sardellenfilets, grob gehackt
250 g Sahne
2 große Handvoll Basilikumblätter, in Stücke gezupft
2 TL abgeriebene unbehandelte Zitronenschale
100 g Parmesan, gehobelt

Die Brokkoliröschen 3–4 Minuten in kochendem Wasser garen. Herausnehmen; in kaltes Wasser geben, dann mit einem Schaumlöffel herausheben und gut abtropfen lassen. Orecchiette in sprudelnd kochendem Salzwasser bissfest garen. In ein Sieb schütten und gut abtropfen lassen (2 EL Wasser auffangen).

Inzwischen das Öl in einer großen Pfanne bei mittlerer Hitze heiß werden lassen. Den Knoblauch mit den Sardellen darin unter Rühren 1–2 Minuten braten, bis er Farbe annimmt. Den Brokkoli hinzufügen und 5 Minuten mitbraten. Die Sahne und die Hälfte des Basilikums dazugeben. Die Sauce 10 Minuten köcheln lassen, bis sie etwas eingedickt und der Brokkoli weich ist.

Die Hälfte der Mischung in der Küchenmaschine nicht zu fein pürieren. Mit Zitronenschale, der Hälfte des Parmesans und dem aufgefangenen Nudelkochwasser in die Pfanne geben. Alles verrühren und die Sauce mit Salz und Pfeffer abschmecken. Die Orecchiette und das restliche Basilikum hinzufügen und unterheben. Mit dem restlichen Parmesan bestreuen.

Für 4–6 Personen

Spargel-Pie

800 g grüner Spargel, harte Enden entfernt
20 g Butter
½ TL gehackter Thymian
1 Schalotte, gewürfelt
1 Portion Mürbeteig
80 g Sahne
2 EL geriebener Parmesan
1 Ei
1 Prise geriebene Muskatnuss
1 Eigelb, leicht verquirlt

Die Spargelstangen auf 10 cm kürzen, dicke Stangen längs halbieren. Die Butter in einer großen Pfanne bei mittlerer Hitze zerlassen, Spargel, Thymian und Schalotte hinzufügen. 1 EL Wasser dazugeben, salzen und pfeffern. Unter Rühren 3 Minuten garen, bis der Spargel weich ist.

Den Backofen auf 200 °C vorheizen. Eine Form mit herausnehmbarem Boden (21 cm Ø) fetten. Den Teig zu einem Kreis von 30 cm Ø ausrollen und die Form damit auskleiden. Den überstehenden Rand mit der Küchenschere auf 8 cm einkürzen. Die Hälfte des Spargels in einer Richtung auf den Teigboden legen, die zweite Hälfte quer darüberlegen.

Sahne, Parmesan, Ei und Muskatnuss vermischen, mit Salz und Pfeffer würzen und über den Spargel gießen. Den Teigrand nach innen locker einfalten, mit Eigelb bepinseln. Die Pie in 25 Minuten goldgelb backen.

Für 6 Personen

Frittata mit Spinat und Zucchini

2 TL Olivenöl
1 kleine rote Zwiebel, in dünne Ringe geschnitten
1 kleine Zucchini, in Scheiben geschnitten
1 kleine Knoblauchzehe, zerdrückt
100 g junger Blattspinat
2 Eier
1 EL Sahne
40 g Emmentaler, gerieben

Das Öl in einer kleinen beschichteten Pfanne erhitzen. Zwiebel und Zucchini darin bei mittlerer Hitze goldgelb braten. Den Knoblauch hinzufügen und 1 Minute mitbraten. Spinat waschen und tropfnass dazugeben. Mitbraten, bis er zusammengefallen und die Flüssigkeit verdampft ist. (Sonst wird die Frittata in der Mitte zu weich.) Dann die Pfanne rütteln, damit die Mischung den Pfannenboden gleichmäßig bedeckt. Die Hitze reduzieren.

Eier und Sahne verquirlen, mit Salz und Pfeffer würzen. Die Hälfte des Emmentalers untermischen, die Mischung über das Gemüse geben. Die Frittata bei schwacher Hitze etwa 4 Minuten braten, bis die Eiermasse gestockt ist. Inzwischen den Backofengrill vorheizen. Die Frittata mit dem restlichen Käse bestreuen und goldbraun grillen.

Die Frittata 1 Minute ruhen lassen, dann vorsichtig aus der Pfanne gleiten lassen. Zum Servieren in Spalten schneiden.

Für 1 Person

Auberginenauflauf »alla parmigiana«

3 EL Olivenöl, plus Olivenöl zum Braten
1 Zwiebel, gewürfelt
2 Knoblauchzehen, zerdrückt
1,25 kg Tomaten, enthäutet, gewürfelt
1 kg Auberginen
250 g kleine Mozzarellakugeln (Bocconcini), in Scheiben geschnitten
185 g Gouda, gerieben
2 große Handvoll Basilikumblätter, zerpflückt
50 g geriebener Parmesan

Das Öl in einer großen Pfanne erhitzen und die Zwiebel auf mittlerer Stufe weich schwitzen. Den Knoblauch 1 Minute mitgaren, dann die Tomatenwürfel dazugeben und alles 15 Minuten köcheln lassen. Mit Salz und Pfeffer würzen, beiseitestellen und dabei warm halten. Den Backofen auf 200 °C vorheizen.

Die Auberginen längs in sehr dünne Scheiben schneiden und in einer zweiten Pfanne portionsweise von allen Seiten 3–4 Minuten in Öl braten, bis sie goldbraun sind. Auf Küchenpapier abtropfen lassen.

Den Boden einer Auflaufform (1,75 l Inhalt) mit einem Drittel der Auberginenscheiben belegen und die Hälfte des Mozzarellas und Goudas darauf verteilen. Die Zutaten auf diese Weise weiter einschichten und mit einer Lage Auberginen abschließen.

Die warmen Tomaten darauf verstreichen und mit dem Basilikum und dem Parmesan bestreuen. Den Auberginenauflauf 40 Minuten im Ofen backen.

Für 6–8 Personen

Variation: Sie können die Auberginenscheiben auch leicht mit Öl bestreichen und unter dem heißen Grill bräunen.

Gefüllte Auberginen

60 g braune Linsen
2 große Auberginen
Öl für die Pfanne
1 rote Zwiebel, gewürfelt
2 Knoblauchzehen, zerdrückt
1 rote Paprikaschote, fein gewürfelt
50 g Pinienkerne, geröstet
150 g gekochter Rundkornreis
1 Dose gehackte Tomaten (400 g)
2 EL gehacktes Koriandergrün
1 EL gehackte Petersilie
2 EL geriebener Parmesan

Die Linsen in kochendem Wasser in 25 Minuten weich garen; in ein Sieb abgießen und abtropfen lassen. Die Auberginen längs halbieren. Das Fruchtfleisch mit einem scharfkantigen Teelöffel herausnehmen, dabei einen 1 cm dicken Rand stehen lassen. Fruchtfleisch fein hacken.

Eine Pfanne mit wenig Öl einpinseln. 1 EL Wasser dazugeben; Zwiebel und Knoblauch hinzufügen und unter Rühren weich dünsten. Linsen, Paprika, Pinienkerne, Reis und Auberginenfruchtfleisch untermischen. Alles bei mittlerer Hitze 10 Minuten unter Rühren dünsten, bis das Auberginenfruchtfleisch weich ist. Koriander und Petersilie unterrühren. Die Füllung mit Salz und Pfeffer aus der Mühle würzen.

Die ausgehöhlten Auberginen in sprudelnd kochendem Wasser in 4–5 Minuten weich garen. Die Auberginen mit der Linsen-Reis-Masse füllen und mit Parmesan bestreuen. In 5–10 Minuten unter dem heißen Grill goldbraun rösten. Sofort servieren.

Für 4 Personen

Gebratener Reis mit Gemüse und Thai-Basilikum

1 EL Öl
2 asiatische Schalotten, in Ringe geschnitten
1 Knoblauchzehe, fein gewürfelt
½ kleine rote Chilischote, von den Samen befreit und fein gewürfelt
50 g dünne grüne Bohnen oder Schlangenbohnen, in kurze Stücke geschnitten
½ kleine rote Paprikaschote, in Stifte geschnitten
50 g Champignons, halbiert
250 g gegarter Jasminreis
½ TL Palmzucker
1½ EL helle Sojasauce
1 EL Thai-Basilikum, in Streifen geschnitten
1 EL Korianderblätter, gehackt
asiatische Röstschalotten (Fertigprodukt), zum Garnieren
Thai-Basilikumblätter, zum Garnieren

Einen Wok erhitzen. Das Öl hineingeben und durch Schwenken verteilen. Schalotten, Knoblauch und Chili darin 3 Minuten unter Rühren braten, bis die Schalotten zu bräunen beginnen. Bohnen, Paprika und Champignons hinzufügen und 3 Minuten mitbraten, dann den Reis dazugeben und kurz durchwärmen.

Palmzucker mit Sojasauce in einer kleinen Schüssel verrühren und über den Reis geben. Die Kräuter untermischen. Mit Röstschalotten und Thai-Basilikum garnieren.

Für 1 Person

Tipp: 80 g roher Jasminreis ergeben etwa 250 g gegarten Reis.

Gemüse-Camembert-Gratin mit pochiertem Ei

3 kleine Zwiebeln
2 EL Olivenöl
3 Stangen grüner Spargel, holzige Enden entfernt, in 4 cm lange Stücke geschnitten
1 kleine Zucchini, in dicke Scheiben geschnitten
½ dünne Aubergine, in Scheiben geschnitten
2 Knoblauchzehen
1 EL Zitronensaft
50 g Camembert, gewürfelt
1 Ei

Den Backofen auf 200 °C vorheizen. Die Zwiebeln schälen, dabei das Wurzelende so abschneiden, dass die Zwiebeln noch zusammenhalten.

Das Öl in einen kleinen Bräter geben. Spargel, Zucchini, Aubergine und Knoblauch hineingeben, gut mischen und mit Salz und Pfeffer würzen. Das Gemüse im Ofen 20 Minuten backen. Die Knoblauchzehen herausnehmen. Das Gemüse mit dem Zitronensaft beträufeln und noch 10 Minuten backen.

Das Gemüse auf einen ofenfesten Teller oder in eine kleine Auflaufform legen. Den Knoblauch aus den Häutchen über das Gemüse drücken. Den Camembert darauf verteilen. Den Auflauf ein paar Minuten im Ofen backen, bis der Käse geschmolzen ist.

Inzwischen in einem kleinen Topf Wasser aufkochen, dann bei schwacher Hitze leicht köcheln lassen. Das Ei in eine Tasse schlagen und behutsam in das heiße Wasser gleiten lassen; 3 Minuten pochieren. Das pochierte Ei auf dem überbackenen Gemüse anrichten; mit schwarzem Pfeffer bestreuen. Servieren

Für 1 Person

Kürbis-Spinat-Quiche

500 g Butternusskürbis
1 rote Zwiebel, in schmale Spalten geschnitten
2 EL Olivenöl
1 Knoblauchzehe, zerdrückt
4 Eier
125 g Sahne
125 ml Milch
1 EL gehackte frische glatte Petersilie
1 EL gehacktes frisches Koriandergrün
1 TL grobkörniger Senf
6 Filoteigblätter
50 g Blattspinat, blanchiert
1 EL geriebener Parmesan

Den Backofen auf 190 °C vorheizen. Den Kürbis mit der Schale in 1 cm breite Stücke schneiden, anschließend mit der Zwiebel, 1 EL Olivenöl, dem Knoblauch und 1 TL Salz auf einem Bratblech 1 Stunde im Backofen garen, bis das Gemüse goldgelb und gar ist.

In einer Schüssel die Eier mit der Sahne, der Milch, den Kräutern und dem Senf verrühren. Mit Salz und frisch gemahlenem schwarzem Pfeffer würzen.

Den Boden einer Tarteform mit herausnehmbarem Boden und gezacktem Rand (22 cm Ø) einfetten. Jedes Filoteigblatt mit Öl bestreichen und die Form mit den Blättern auskleiden. Die überstehenden Teigblätter nach innen an die Seitenwände der Form schlagen, sodass rundum ein dicker Teigrand entsteht.

Ein Backblech 10 Minuten im Ofen erhitzen. Die Tarteform auf das Backblech stellen, das geröstete Gemüse und den Spinat in der Form verteilen. Die Eier-Sahne darübergießen, die Quiche mit dem Parmesan bestreuen und 35–40 Minuten im Ofen garen, bis die Füllung goldbraun überbacken und fest ist.

Für 4–6 Personen

Polenta-Gemüse-Pie

2 Auberginen, in dicke Scheiben geschnitten
250 ml Gemüsebrühe
150 g Polenta (mittelfeiner Maisgrieß)
50 g geriebener Parmesan
1½ EL Olivenöl
1 große Zwiebel, gewürfelt
2 Knoblauchzehen, zerdrückt
1 große rote Paprikaschote, gewürfelt
2 Zucchini, in dicke Scheiben geschnitten
150 g Champignons, geviertelt
1 Dose gehackte Tomaten (400 g)
3 TL Balsamico-Essig

Die Auberginenscheiben mit Salz bestreuen, 15 Minuten ziehen lassen. Anschließend mit kaltem Wasser abspülen, trocken tupfen und würfeln.

Eine Springform (24 cm Ø) mit Alufolie auskleiden. Die Brühe und 250 ml Wasser in einem Topf zum Kochen bringen. Die Polenta unter Rühren langsam einrieseln lassen. Unter weiterem Rühren bei schwacher Hitze quellen lassen, bis sie sich vom Topfboden löst. Vom Herd nehmen. Den Käse unter die Polenta mischen und die Masse in die vorbereitete Form streichen. Abkühlen lassen, dann im Kühlschrank fest werden lassen.

1 EL Olivenöl in einem Topf erhitzen. Die Zwiebel in 3 Minuten glasig dünsten. Knoblauch 1 Minute mitdünsten, Auberginen, Paprika, Zucchini, Champignons und Tomaten dazugeben. Aufkochen, dann bei schwacher Hitze unter gelegentlichem Rühren zugedeckt 20 Minuten schmoren lassen. Mit Balsamico, Salz und Pfeffer würzen. Den Backofen auf 200 °C vorheizen.

Das Gemüseragout in eine runde ofenfeste Form (etwa 24 cm Ø) füllen. Die Polenta in 12 Tortenstücke schneiden und auf das Ragout legen. Mit Olivenöl bepinseln. Im heißen Ofen in 20 Minuten goldgelb backen.

Für 6 Personen

Pasta mit pfeffrigem Schweinefilet und Zucchini

450 g Schweinefilet
3–4 TL schwarze Pfefferkörner, zerdrückt
80 g Butter
250 g Garganelli oder andere halblange Nudeln
1 Zwiebel, in dünne Streifen geschnitten
2 große Zucchini, in dünne Scheiben geschnitten
20 g Basilikumblätter, zerpflückt
150 g kleine schwarze Oliven
60 g Pecorino, gerieben

Das Schweinefilet quer halbieren und in Pfeffer und etwas Salz wälzen. 40 g Butter in einer großen, tiefen Pfanne erhitzen und das Fleisch darin auf jeder Seite 4 Minuten braten, bis es schön gebräunt und gar ist. Aus der Pfanne nehmen, in 5 mm dicke Scheiben schneiden, beiseitestellen und warm halten.

Die Nudeln in sprudelnd kochendem Salzwasser nach Packungsangabe bissfest garen. Abtropfen lassen und in den Topf zurückgeben.

Inzwischen die restliche Butter in der Pfanne zerlassen, die Zwiebel hineingeben und bei mittlerer Hitze unter Rühren in 3 Minuten glasig dünsten. Die Zucchini hinzufügen und in etwa 5 Minuten unter ständigem Rühren garen. Basilikum, Oliven und Filetscheiben mit eventuell ausgetretenem Fleischsaft dazugeben und alles gut verrühren. Das Ganze unter die Pasta mischen. Mit Salz und schwarzem Pfeffer abschmecken. Mit Käse bestreuen und sofort servieren.

Für 4 Personen

Tortellini mit sahniger Pilzsauce

500 g Tortellini mit Fleischfüllung
60 ml Olivenöl
500 g Egerlinge, in dünne Scheiben geschnitten
2 Knoblauchzehen, zerdrückt
125 ml trockener Weißwein
300 g Crème double
1 Prise geriebene Muskatnuss
3 EL fein gehackte glatte Petersilie
30 g geriebener Parmesan

Die Tortellini in einem großen Topf mit heißem Wasser nach Packungsangabe garen. Abgießen. Inzwischen das Öl in einer Pfanne bei mittlerer Hitze heiß werden lassen. Die Pilze hineingeben und unter gelegentlichem Rühren etwa 5 Minuten braten.Den Knoblauch hinzufügen und 1 Minute mitbraten. Mit Wein ablöschen und 5 Minuten kochen, bis die Flüssigkeit zur Hälfte reduziert ist.

Crème double mit Muskatnuss und Petersilie verrühren. Unter die Sauce mischen und alles 3–5 Minuten köcheln lassen, bis sie leicht eindickt. Mit Salz und Pfeffer abschmecken. Tortellini auf vier Teller verteilen und die Sauce darübergießen. Mit Parmesan bestreuen und servieren.

Für 4 Personen

Brathähnchen mit Ofengemüse und Salsa verde

300 g Kürbis, geschält, entkernt und in 2,5 cm große Würfel geschnitten
300 g orangefarbene Süßkartoffeln, geschält und in 3 cm große Würfel geschnitten
10 kleine Kartoffeln, halbiert
2 rote Zwiebeln, je in 8 Spalten geschnitten
2 EL Olivenöl
1 Bio-Brathähnchen, etwa 1,6 kg
1 Zitrone, geviertelt
3 Knoblauchzehen, geschält
1 EL Mehl
250 ml Hühnerbrühe
300 g gefrorene Erbsen

Salsa verde
2 Knoblauchzehen, geschält
1 EL kleine Kapern, abgespült und abgetropft
4 Anchovis-Filets, abgetropft
2 große Handvoll Petersilie
1 große Handvoll Minze
1 EL Zitronensaft
1 EL Dijon-Senf
60 ml natives Olivenöl extra

Den Backofen auf 180 °C vorheizen. Kürbis, Süßkartoffeln, Kartoffeln und Zwiebeln mit der Hälfte des Öls beträufeln und gut mischen.

Das Hähnchen abspülen und mit Küchenpapier trocken tupfen. Zitrone und Knoblauch in die Bauchhöhle schieben. Die Haut mit dem restlichen Öl einreiben und mit Pfeffer bestreuen. In einen ofenfesten Bräter legen und das Gemüse ringsherum verteilen. 1 Stunde garen.

Fleisch und Gemüse auf eine Platte legen, mit Alufolie bedecken und warm halten. Den Bräter auf dem Herd bei mittlerer Temperatur erhitzen. Das Mehl zugeben und unter ständigem Rühren 1–2 Minuten anschwitzen, dabei den Bratensatz vom Boden losrühren. Langsam die Brühe zugeben, dabei kräftig rühren. Die Sauce unter ständigem Rühren 4–5 Minuten kochen, bis sie eindickt.

Inzwischen in einem Topf Wasser aufkochen. Die Erbsen zugeben, 2–3 Minuten garen und abtropfen lassen.

Alle Zutaten für die Salsa verde in einem Mixer grob pürieren. Mit Pfeffer würzen. Das Hähnchen tranchieren und mit Erbsen, Ofengemüse und Salsa verde servieren.

Für 4 Personen

Reisnudeln mit Rindfleisch und Gemüse

150 g Hüftsteak, in schmale Streifen geschnitten
2 TL Speisestärke
2 TL Austernsauce
1½ EL Sojasauce
1 Knoblauchzehe, gehackt
2 EL Pflanzenöl
1 Möhre, in dünne Stifte geschnitten
1 kleine rote Paprikaschote, in Streifen geschnitten
3 kleine Pak Choi, in 2,5 cm große Stücke geschnitten
500 g frische Reisnudeln (Asialaden)
100 g Sojabohnensprossen, Keimenden abgeschnitten
gehackte rote Chilischoten und Koriandergrün, zum Garnieren

Das Fleisch mit Speisestärke, Austernsauce, 1 TL Sojasauce und Knoblauch in einer Schüssel gut verrühren.

1 EL Öl in einem Wok oder einer großen, beschichteten Pfanne bei mittlerer bis hoher Temperatur erhitzen. Das Fleisch unter ständigem Rühren 1–2 Minuten goldbraun anbraten. Aus dem Wok nehmen und beiseitestellen.

Den Wok auswischen. Das restliche Öl bei mittlerer bis hoher Temperatur erhitzen. Möhre und Paprika 1–2 Minuten anbraten, dann die Pak Choi zugeben und 1 Minute mitbraten, bis sie zusammenfallen. Nudeln, Fleisch und restliche Sojasauce zufügen und unter ständigem Rühren 5–6 Minuten braten, bis die Nudeln weich werden und alle Zutaten gut vermischt sind.

Die Sojabohnensprossen unterheben. Vom Herd nehmen und 1–2 Minuten stehen lassen.

Mit Chili und Koriander bestreuen und servieren

Für 4 Personen

Lammbraten mit Sommergemüse

1,5 kg Lammkeule ohne Knochen
1 EL Kapern, abgetropft und grob gehackt
1 große Handvoll Petersilie, fein gehackt
6 Anchovis-Filets, gehackt
2 Knoblauchzehen, zerdrückt
3 TL Zitronensaft
½ TL abgeriebene Zitronenschale
1 EL Olivenöl

Sommergemüse
1 rote Zwiebel, in 2 cm große Würfel geschnitten
1 rote Paprikaschote, in 3 cm große Stücke geschnitten
12 Knoblauchzehen, geschält
1 Aubergine, in 2 cm große Würfel geschnitten
2 Zucchini, längs halbiert und in Scheiben geschnitten
500 g Kirschtomaten, halbiert
60 ml Olivenöl
1 kleine Handvoll Minze
50 g Parmesan, gehobelt

Den Backofen auf 180 °C vorheizen. Sehnen und sichtbares Fett vom Fleisch entfernen, dann das Fleisch mit der Haut nach unten auf ein Schneidebrett legen. In einer Schüssel Kapern, Petersilie, Anchovis, Knoblauch, Zitronensaft und -schale und Öl in einer Schüssel verrühren. Die Mischung auf dem Fleisch verteilen, die Schüssel beiseitestellen. Das Fleisch aufrollen und in Abständen von 2 cm mit Küchenzwirn fest verschnüren. In einen Bräter legen. Mit Meersalz und schwarzem Pfeffer aus der Mühle würzen. 30 Minuten im Ofen garen.

Inzwischen das Gemüse vorbereiten. Zwiebel, Paprika, Knoblauch, Aubergine, Zucchini, Tomaten und Olivenöl in die beiseitegestellte Schüssel geben, würzen und gut mischen.

Das Gemüse in den Bräter geben und 45 Minuten mitgaren, bis das Fleisch den gewünschten Gargrad erreicht hat und das Gemüse weich ist. Das Fleisch auf eine Platte legen, locker mit Alufolie abdecken und 15 Minuten ruhen lassen. Inzwischen das Gemüse noch weitere 10 Minuten im Ofen garen. Das Gemüse in eine Servierschüssel füllen und mit Minze und Parmesanspänen bestreuen. Das Fleisch in Scheiben schneiden und zu dem Gemüse servieren.

Für 6 Personen

Schweineschnitzel mit Rote-Bete-Kartoffelsalat

500 g Schweinefilet, geputzt und in 8 gleich große Stücke geschnitten
125 g Panko-Brösel (im Asia-Laden)
2 TL getrockneter Oregano
1 TL getrocknete Minze
1 Handvoll glatte Petersilie, gehackt
2 TL fein abgeriebene Schale von 1 Bio-Zitrone
150 g Mehl
2 Eier
2 EL Olivenöl
Zitronenspalten zum Servieren

Rote-Bete-Kartoffelsalat
3 große Rote-Bete-Knollen
3 große fest kochende Kartoffeln, geschält und in 3 cm große Stücke geschnitten
2 große Handvoll junger Rucola
2 EL Balsamico-Essig
2 EL natives Olivenöl extra

Den Backofen auf 180 °C vorheizen. Die Rote-Bete-Knollen einzeln in Alufolie wickeln, auf ein Backblech legen und 1 Stunde backen. Dann die Kartoffeln dazulegen und weitere 30 Minuten backen.

In der Zwischenzeit die Schnitzel vorbereiten. Dazu das Filet zwischen 2 Lagen Küchenpapier legen und mit einer Küchenrolle plattieren. Die Panko-Brösel, Kräuter und Zitronenschale in eine Schüssel geben, das Mehl in eine zweite Schüssel. Das Ei in eine dritte Schüssel schlagen und leicht verquirlen. Die Schnitzel zunächst durchs Mehl, dann durch das Ei und schließlich durch die Bröselmischung ziehen. Bis zum Braten kühl stellen. Rote Bete und Kartoffeln aus dem Ofen nehmen. Die Rote Bete auskühlen lassen, bis man sie anfassen kann, dann pellen und die Schale wegwerfen.

Das Öl in einer beschichteten Pfanne erhitzen. Die Schnitzel portionsweise bei mittlerer Hitze darin 2–3 Minuten von jeder Seite braten. Auf Küchenpapier abtropfen lassen und warm stellen. In der Zwischenzeit die Rote Bete in Spalten schneiden und mit den Kartoffeln, dem Rucola, Essig und Öl vermengen. Den Salat auf vier Teller verteilen, die Schnitzel darauf geben und mit den Zitronenspalten servieren.

Für 4 Personen

Geschmortes Gemüse mit Cashewkernen

1 EL Erdnussöl
2 Knoblauchzehen, zerdrückt
2 TL geriebener frischer Ingwer
300 g Choi sum (Blattkohl), in 10 cm lange Stücke geschnitten
150 g frische Baby-Maiskolben, schräg halbiert
175 ml Geflügelfond oder Gemüsebrühe
200 g Bambussprossen (aus der Dose), abgetropft
150 g Austernpilze, halbiert
2 TL Speisestärke
2 EL Austernsauce
2 TL Sesamöl
100 g Mungobohnensprossen
75 g ungesalzene geröstete Cashewkerne

Den Wok bei mittlerer Hitze heiß werden lassen und mit Öl ausschwenken. Knoblauch und Ingwer darin 1 Minute pfannenrühren. Choi sum und Mais dazugeben und bei starker Hitze 1 Minute pfannenrühren.

Den Fond angießen und 3–4 Minuten kochen lassen, bis die Stiele des Choi sum weich sind. Bambussprossen und Pilze hinzufügen und alles noch 1 Minute kochen.

Die Speisestärke mit 1 EL Wasser anrühren und mit der Austernsauce unter das Gemüse rühren. 1–2 Minuten kochen lassen, bis die Sauce etwas eingedickt ist. Sesamöl und Sprossen einrühren. Das Gemüse portionsweise auf gedämpftem Reis anrichten, mit Cashewkernen bestreuen und sofort servieren.

Für 4 Personen

Hähnchenbrust und Spargel aus dem Wok

1 EL Öl
1 Knoblauchzehe, zerdrückt
10 cm frische Ingwerwurzel, in dünne Scheiben geschnitten
3 Hähnchenbrustfilets, in Streifen geschnitten
4 Frühlingszwiebeln, schräg in Streifen geschnitten
200 g grüner Spargel, in kurze Stücke geschnitten
2 EL Sojasauce
40 g Mandelsplitter, geröstet

Einen Wok oder eine große Pfanne bei starker Hitze sehr heiß werden lassen. Das Öl hineingeben und durch Schwenken verteilen. Knoblauch, Ingwer und Hähnchenbruststreifen darin 1–2 Minuten pfannenrühren, bis das Hähnchen Farbe annimmt.

Frühlingszwiebeln und Spargel hinzufügen und alles noch etwa 2 Minuten pfannenrühren, bis die Frühlingszwiebeln weich sind.

Sojasauce und 3 EL Wasser dazugeben. Das Gericht zugedeckt 2 Minuten köcheln lassen, bis das Hähnchen durchgegart und das Gemüse noch bissfest ist. Mit Mandelsplittern bestreuen. Mit gedämpftem Reis servieren.

Für 4 Personen

Thailändische Dschungel-Curry-Garnelen

Currypaste

10–12 getrocknete rote Chilischoten
4 rote Schalotten, gewürfelt
4 Knoblauchzehen, in Scheiben geschnitten
1 Stängel Zitronengras, nur der helle Teil, in Scheiben geschnitten
1 EL fein gehackter frischer Galgant
2 kleine Korianderwurzeln, gehackt
1 EL fein gehackter frischer Ingwer
1 EL Garnelenpaste, trocken geröstet
60 ml Öl

1 EL Öl
1 Knoblauchzehe, zerdrückt
40 g Kemiri- oder Macadamianusskerne, gemahlen
1 EL Fischsauce
300 ml Fischfond
1 EL Whisky
600 g rohe Garnelen, bis auf den Schwanzfächer geschält und entdarmt
1 kleine Möhre, in Stifte geschnitten
200 g Schlangen- oder Prinzessbohnen, in 2 cm lange Stücke geschnitten
50 g Bambussprossen
3 Kaffirlimettenblätter, zerpflückt
Thai-Basilikumblätter, zum Garnieren

Für die Currypaste die Chilischoten 10 Minuten in 250 ml kochend heißem Wasser einweichen. Abtropfen lassen und mit den restlichen Zutaten in die Küchenmaschine geben. Mit Salz und schwarzem Pfeffer würzen. Zu einer glatten Paste verarbeiten.

Den Wok bei mittlerer Hitze heiß werden lassen und mit Öl ausschwenken. 3 EL Currypaste und Knoblauch darin 5 Minuten pfannenrühren. Nüsse, Fischsauce, Fond, Whisky, Garnelen, Gemüse und Limettenblätter dazugeben und das Ganze aufkochen und 5 Minuten sanft köcheln lassen, bis die Garnelen und das Gemüse gar sind. Mit schwarzem Pfeffer abschmecken und mit Thai-Basilikum garnieren.

Für 6 Personen

Kürbiscurry mit Bohnen und Thai-Basilikum

600 g Kürbisfleisch, in 3 cm große Würfel geschnitten
2 EL Öl
1 EL rote Currypaste
400 ml Kokoscreme (siehe Tipp)
200 g grüne Bohnen, in 3 cm lange Stücke geschnitten
2 Kaffirlimettenblätter, zerpflückt
1 EL geriebener heller Palmzucker oder brauner Zucker
1 EL Fischsauce
30 g Thai-Basilikumblätter
1 EL Limettensaft

Backofen auf 200 °C vorheizen. Die Kürbiswürfel auf einem Backblech in 1 EL Öl wenden. Im Ofen 20 Minuten backen, bis sie weich sind.

Restliches Öl in einem Topf erhitzen. Die Currypaste darin bei mittlerer Hitze unter Rühren 1–2 Minuten rösten. Klümpchen mit einer Gabel zerdrücken. Kokoscreme portionsweise angießen, dabei mit einem Holzlöffel rühren, damit die Sauce cremig wird. Kürbis mit ausgetretener Flüssigkeit sowie Bohnen und Limettenblätter hinzufügen. Bei schwacher Hitze 5 Minuten köcheln lassen.

Zucker, Fischsauce, zwei Drittel des Basilikums und Limettensaft unter die Sauce rühren. Das Curry mit Basilikumblättern garnieren und mit Reis servieren.

Für 4 Personen

Tipp: Dieses Gericht wird etwas leichter, wenn Sie statt fetter eine magere Kokoscreme verwenden. Dadurch verändert sich zwar die Konsistenz des Currys etwas, aber das Aroma bleibt erhalten.

Marokkanischer Gemüsetopf mit Minze-Couscous

2 EL Olivenöl
1 Zwiebel, fein gewürfelt
3 Knoblauchzehen, fein gewürfelt
1 TL Ingwerpulver
1 TL gemahlene Kurkuma
2 TL gemahlener Kreuzkümmel
2 TL gemahlener Zimt
½ TL Chiliflocken
1 Dose Pizzatomaten (400 g)
1 Dose Kichererbsen (400 g), gespült und abgetropft
80 g Sultaninen
400 g Kürbisfruchtfleisch (Butternusskürbis), in 3 cm große Würfel geschnitten
2 große Zucchini (250 g), in 2 cm große Stücke geschnitten
2 Möhren, in 2 cm große Stücke geschnitten
185 g Instant-Couscous
25 g Butter
4 EL gehackte Minze

Das Öl bei mittlerer Hitze in einem großen Topf heiß werden lassen. Die Zwiebelwürfel darin 3–5 Minuten dünsten, bis sie glasig sind. Knoblauch, Ingwer, Kurkuma, Kreuzkümmel, Zimt und Chiliflocken dazugeben und 1 Minute braten. Tomaten, Kichererbsen, Sultaninen und 250 ml Wasser hinzufügen. Aufkochen und zugedeckt bei schwacher Hitze 20 Minuten köcheln lassen. Kürbis, Zucchini und Möhren in den Topf geben und 20 Minuten weiterkochen, bis das Gemüse gar ist. Mit Salz und schwarzem Pfeffer würzen.

Couscous in einer großen Schüssel mit 250 ml kochend heißem Wasser bedeckt 5 Minuten stehen lassen, bis er das Wasser ganz aufgesogen hat. Mit einer Gabel auflockern und Butter und Minze unterrühren. Mit Salz und schwarzem Pfeffer abschmecken und zum Gemüsetopf servieren.

Für 4 Personen

Winterliches Ofengemüse mit Käse-Mandel-Kruste

500 g Butternusskürbis, geschält und in 4 cm große Würfel geschnitten
600 g Süßkartoffeln, geschält und in 4 cm große Würfel geschnitten
400 g festkochende Kartoffeln, geschält und in 4 cm große Würfel geschnitten
2 Pastinaken, geschält und in 4 cm große Würfel geschnitten
3 rote Zwiebeln
60 ml Olivenöl
2 Knoblauchzehen, gehackt
1 kleine Handvoll Basilikum, plus etwas zum Garnieren
2 EL Tomatenmark
250 g Kirschtomaten
2 EL Sahne
250 g türkisches Fladenbrot, grob gehackt
100 g Parmesan, gerieben
65 g Greyerzer, gerieben
80 g abgezogene Mandeln, gehackt
1 EL Oregano, gehackt

Den Backofen auf 200 °C vorheizen.

Kürbis, Süßkartoffeln, Kartoffeln und Pastinaken in einen großen Bräter geben. 2 Zwiebeln in 1,5 cm dicke Spalten schneiden und mit 1 EL Öl zum Gemüse geben. Sorgfältig mischen, dann mit Meersalz und schwarzem Pfeffer aus der Mühle würzen. 1 Stunde im Ofen garen, bis das Gemüse sehr weich ist.

Inzwischen die restliche Zwiebel hacken. Im Mixer mit Knoblauch, Basilikum, Tomatenmark, Tomaten und Sahne grob pürieren.

Das Brot in einer Schüssel mit Parmesan, Greyerzer, Mandeln, Oregano und dem restlichen Öl vermengen.

Das Tomaten-Kräuter-Püree unter das Ofengemüse rühren. Die Brotmischung auf das Gemüse streuen. Weitere 30 Minuten im Ofen backen, bis die Tomatensauce brodelt und die Kruste goldbraun und knusprig ist. Mit dem restlichen Basilikum bestreuen und servieren.

Für 4 Personen

Würziger Gemüseeintopf mit indischem Dal

Dal
165 g gespaltene gelbe Erbsen
5 cm Ingwerwurzel, gerieben
2–3 Knoblauchzehen, zerdrückt
1 rote Chilischote, Samen entfernt, gehackt

3 Tomaten
2 EL Öl
1 TL gelbe Senfsamen
1 TL Kreuzkümmelsamen
1 TL gemahlener Kreuzkümmel
½ TL Garam masala
1 rote Zwiebel, in feine Spalten geschnitten
1 Dose (200 g) Tomatenwürfel
3 längliche schlanke Auberginen, in dicke Scheiben geschnitten
2 Möhren, in dicke Scheiben geschnitten
¼ Blumenkohl, in Röschen zerteilt
375 ml Gemüsefond
2 kleine Zucchini, in dicke Scheiben geschnitten
100 g tiefgekühlte grüne Erbsen
1 große Handvoll frische Korianderblätter

Für das Dal die gelben Erbsen in einer Schüssel mit Wasser bedecken und 2 Stunden einweichen lassen. Abseihen. In einem großen Topf mit Ingwer, Knoblauch und Chili in 750 ml Wasser zum Kochen bringen, die Hitze reduzieren und 45 Minuten köcheln lassen, bis die Erbsen knapp weich sind.

Die Unterseite der Tomaten kreuzweise einritzen. Die Tomaten 30 Sekunden in kochendem Wasser blanchieren, in kaltem Wasser abschrecken und die Haut abziehen. Die Tomaten halbieren, mit einem Teelöffel die Kerne entfernen und das Fruchtfleisch würfeln.

Das Öl in einem zweiten großen Topf erhitzen. Die Gewürze bei mittlerer Temperatur 30 Sekunden im heißen Öl rühren, bis sie aromatisch duften. Die Zwiebel 2 Minuten mitgaren, bis sie weich ist, dann die Tomatenwürfel, die Auberginen- und Möhrenscheiben und den Blumenkohl in den Topf geben.

Das Dal und den Gemüsefond hinzufügen, die Zutaten gründlich vermischen und zugedeckt 45 Minuten köcheln lassen, bis das Gemüse weich ist, dabei gelegentlich durchrühren. In den letzten 10 Minuten der Garzeit die Zucchini und die Erbsen dazugeben. Die Korianderblätter unterrühren und den Eintopf heiß servieren.

Für 4–6 Personen

Champignon-Oliven-Pizza

½ Würfel frische Hefe (21 g)
1 TL Zucker
125 ml fettarme Milch
250 g Mehl
4 Roma- oder Eiertomaten, geviertelt
2 TL Olivenöl
1 Zwiebel, in dünne Ringe geschnitten
2 Knoblauchzehen, zerdrückt
750 g Champignons, in Scheiben geschnitten
250 g fettreduzierter Ricotta
2 EL entsteinte schwarze Oliven, in Scheiben geschnitten
1 Handvoll Basilikumblätter

Die Hefe in 3 EL lauwarmes Wasser bröckeln und unter Rühren darin auflösen. ½ TL Zucker untermischen. Zugedeckt an einem warmen Ort gehen lassen. Die Milch lauwarm erhitzen. Das Mehl in eine Schüssel sieben; Hefeflüssigkeit und Milch darunterkneten, bis ein weicher Teig entsteht. Mit den Händen 5 Minuten durchkneten. In eine leicht geölte Schüssel geben und zugedeckt an einem warmen Ort 40 Minuten gehen lassen.

Den Backofen auf 200 °C vorheizen. Die Tomaten auf ein mit Backpapier belegtes Blech legen, mit Salz, geschrotetem Pfeffer und ½ TL Zucker bestreuen. 20 Minuten backen.

Das Öl in einer Pfanne erhitzen. Zwiebel und Knoblauch glasig dünsten. Champignons mitbraten, bis alle Flüssigkeit verdampft ist. Abkühlen lassen.

Den Teig kurz durchkneten, dann zu einem 38 cm großen Kreis ausrollen und auf ein leicht gefettetes Pizzablech legen. Den Ricotta darauf verteilen, dabei einen 4 cm breiten Rand zum Umklappen frei lassen. Den Teig mit Champignons, Tomaten und Oliven belegen. Teigrand über die Füllung klappen und mit etwas Mehl bestäuben. Die Pizza in 25 Minuten goldgelb backen. Mit Basilikum bestreuen und servieren.

Für 6 Personen

Geschmorte Hähnchenkeulen mit Artischocken, Dicken Bohnen und Kartoffelpüree

60 g Mehl
8 Hähnchenkeulen mit Haut und Knochen
2 EL Olivenöl
1 große rote Zwiebel, in schmale Spalten geschnitten
125 ml trockener Weißwein
250 ml Geflügelfond
2 TL gehackte Rosmarinnadeln
1 Dose (340 g) Artischockenherzen, abgetropft und geviertelt
150 g geschälte Dicke Bohnen

Für das Kartoffelpüree
800 g Kartoffeln, geschält und grob gewürfelt
60 g Butter
3 EL Geflügelfond

Das Mehl mit Meersalz und schwarzem Pfeffer würzen. Die Hähnchenkeulen in der Mischung wenden. Das Olivenöl in einem feuerfesten Schmortopf erhitzen, die Hähnchenkeulen hineinlegen und bei mittlerer Hitze von jeder Seite 4 Minuten bräunen. Auf Küchenpapier abtropfen lassen.

In demselben Fett die Zwiebeln 3–4 Minuten anschwitzen. Die Temperatur erhöhen, den Wein zugießen und in 2 Minuten sirupartig einkochen lassen. Den Fond einrühren und nur eben zum Sieden bringen.

Die Hähnchenkeulen wieder in den Schmortopf legen, den Rosmarin hinzufügen und zugedeckt bei geringer Hitze 45 Minuten schmoren. Die Artischocken zufügen, die Schmorflüssigkeit zum Kochen bringen und unbedeckt auf kleiner Flamme 10–15 Minuten garen. Die Bohnen zugeben und 5 Minuten garen.

Die Kartoffeln weich kochen. Abgießen und zurück in den Topf geben. Die Butter und den Fond zufügen und mit einem Kartoffelstampfer zerstampfen; mit Salz abschmecken. Das Kartoffelpüree auf vorgewärmte Teller füllen, die Hähnchenkeulen mit dem Gemüse darauf anrichten, mit Sauce übergießen und servieren.

Für 4 Personen

Brokkoli-Ricotta-Soufflé

60 g kleine Brokkoliröschen
2 EL Olivenöl
40 g Butter und Butter für die Form
1 Zwiebel, fein gehackt
1 Knoblauchzehe, zerdrückt
400 g Ricotta
50 g Parmesan, gerieben
5 Eigelb, verquirlt
1 Prise frisch geriebene Muskatnuss
1 Prise Cayennepfeffer
5 Eiweiß
1 Msp. Weinstein
3 EL Paniermehl

Den Backofen auf 170 °C vorheizen.

Die Brokkoliröschen 4 Minuten in kochendem Salzwasser garen, abgießen, gut abtropfen lassen und grob hacken.

Das Olivenöl und die Butter in einer Pfanne erhitzen und die Zwiebel darin mit dem Knoblauch in 5 Minuten bei mittlerer Hitze weich dünsten. In eine große Schüssel umfüllen, Brokkoli, Ricotta, Parmesan, Eigelbe, Muskat und Cayennepfeffer hinzufügen, mit Meersalz und frisch gemahlenem Pfeffer würzen und die Zutaten sorgfältig vermengen.

Die Eiweiße in einer sauberen, trockenen Schüssel mit dem Weinstein und 1 Prise Meersalz steif schlagen. Ein Drittel des Eischnees unter die Brokkolimischung rühren und danach vorsichtig den restlichen Eischnee unterheben.

Eine große Souffléform einfetten und mit dem Paniermehl ausstreuen. Die Form dabei drehen, damit das Paniermehl überall verteilt wird. Überschüssiges Paniermehl herausschütten. Die Brokkolimischung einfüllen und das Soufflé etwa 35–40 Minuten backen, bis es aufgegangen und oben leicht gebräunt ist. Sofort servieren.

Für 4 Personen

Champignon-Quiche mit Petersilienfüllung

150 g Mehl und etwas Mehl für die Arbeitsfläche
3 EL sehr fein gehackte Petersilie
90 g kalte Butter in kleinen Stücken
1 Eigelb, mit 2 EL Eiswasser verquirlt

Für die Füllung
30 g Butter
1 rote Zwiebel, fein gehackt
175 g kleine Champignons, in Scheiben geschnitten
1 TL frisch gepresster Zitronensaft
4 EL fein gehackte Petersilie
3 EL Schnittlauchröllchen
2 Eier, verquirlt
175 g Sahne

Das Mehl mit 1 Prise Salz in eine Schüssel sieben und mit der Petersilie vermengen. Die Butter mit dem Mehl zu einem krümeligen Teig verkneten und in die Mitte eine Mulde drücken. Das Eigelb hineingießen und die Zutaten zu einem Teig verarbeiten. Den Teig in Frischhaltefolie einschlagen und 30 Minuten im Kühlschrank ruhen lassen.

Den Teig auf einem Stück Backpapier ausrollen. Eine rechteckige Tarteform auskleiden und 20 Minuten in den Kühlschrank stellen.

Den Backofen auf 170 °C vorheizen. Den Teigboden mit Backpapier abdecken, mit getrockneten Hülsenfrüchten beschweren und 15 Minuten blindbacken. Anschließend Hülsenfrüchte und Backpapier entfernen und den Teig weitere 10 Minuten backen. Auf 160 °C herunterschalten.

Für die Füllung die Butter in einer Pfanne zerlassen und die Zwiebel darin weich dünsten. Die Pilze dazugeben und 2–3 Minuten braten. Zitronensaft und Kräuter hinzufügen. Die Eier mit der Sahne verrühren und mit Salz und Pfeffer abschmecken. Die Pilze auf dem Teig verteilen, die Eiersahne darübergießen und 25–30 Minuten backen, bis die Eier gestockt sind. Warm servieren.

Für 4–6 Personen

Indische Masala-Kartoffeln

2 EL Öl
1 TL schwarze Senfsamen
10 Curryblätter
¼ TL gemahlene Kurkuma
1 Stück (1 cm) frischer Ingwer, gerieben
2 grüne Chilischoten, fein gehackt
2 Zwiebeln, gewürfelt
500 g festkochende Kartoffeln, in 2 cm große Würfel geschnitten
1 EL Tamarindenpüree

Das Öl in einer großen Pfanne erhitzen. Die Senfsamen darin zugedeckt braten, bis sie aufplatzen. Curryblätter, Kurkuma, Ingwer, Chilischoten und Zwiebeln hinzufügen und mitbraten, bis die Zwiebeln weich sind.

Die Kartoffelwürfel und 250 ml Wasser dazugeben. Aufkochen und zugedeckt köcheln lassen, bis die Kartoffelwürfel weich sind. Noch vorhandene Flüssigkeit in der Pfanne offen einköcheln lassen. Falls die Kartoffeln noch nicht weich sind, eventuell etwas mehr Wasser hinzufügen. Das Tamarindenpüree untermischen, die Kartoffeln mit Salz abschmecken.

Für 4 Personen

Tipp: Dieses Gericht serviert man in Südindien traditionell in *Dosas* – großen Reismehlpfannkuchen – entweder zum Frühstück oder als Snack. Es eignet sich auch hervorragend als würzige Beilage.

Madras-Curry mit Rindfleisch

1 EL Öl
2 Zwiebeln, fein gewürfelt
3 Knoblauchzehen, fein gewürfelt
1 EL geriebener frischer Ingwer
4 EL Madras-Currypaste
1 kg Rindfleisch zum Schmoren, von Fett und Sehnen befreit und in 3 cm große Würfel geschnitten
60 g Tomatenmark
250 ml Rinderfond (Glas)
6 neue Kartoffeln, halbiert
150 g TK-Erbsen

Den Backofen auf 180 °C vorheizen. Das Öl in einer großen ofenfesten Form erhitzen. Die Zwiebeln darin bei mittlerer Hitze in 4–5 Minuten weich braten. Knoblauch und Ingwer dazugeben und unter Rühren 5 Minuten mitbraten, bis die Zwiebel goldgelb ist – nicht anbrennen lassen.

Die Currypaste hinzufügen und unter Rühren 2 Minuten mitbraten, bis sie zu duften beginnt. Das Rindfleisch dazugeben und bei starker Hitze unter Rühren 2–3 Minuten mitbraten. Tomatenmark und Fond dazugeben und untermischen.

Das Curry zugedeckt 50 Minuten im Ofen schmoren, dabei zwei- bis dreimal umrühren und, falls nötig, etwas Wasser hinzufügen. Die Hitze auf 160 °C reduzieren. Die Kartoffeln hinzufügen und 30 Minuten mitgaren, dann die Erbsen untermischen und noch 10 Minuten garen, bis die Kartoffeln weich sind. Am besten mit Jasminreis servieren.

Für 6 Personen

Vegetarische Paella

250 g getrocknete Perlbohnenkerne
¼ TL Safranfäden
2 EL Olivenöl
1 Zwiebel, gewürfelt
1 rote Paprikaschote, in 1 cm breite und 4 cm lange Streifen geschnitten
5 Knoblauchzehen, zerdrückt
300 g Paella- oder Risottoreis
1 EL edelsüßes Paprikapulver
½ TL Lebkuchengewürz
1 TL Salz
750 ml Gemüsebrühe
1 Dose Pizzatomaten (400 g)
1½ EL Tomatenmark
150 g Sojabohnen (frisch oder tiefgekühlt; siehe Tipp)
100 g Mangold, von groben Stielen befreit, in Streifen geschnitten
Artischockenherzen (Dose; 400 g), abgegossen und geviertelt
4 EL gehacktes Koriandergrün

Die Bohnen in eine Schüssel geben, mit kaltem Wasser bedecken und über Nacht einweichen. Am nächsten Tag abgießen, kalt abspülen und abtropfen lassen.

Die Safranfäden in einer kleinen Pfanne bei schwacher Hitze 1 Minute rösten, bis sie dunkel werden. Abkühlen lassen, in eine kleine Schüssel geben, mit 125 ml Wasser bedecken und ziehen lassen.

Das Olivenöl in einer großen Paellapfanne erhitzen. Zwiebel und Paprika darin bei mittlerer Hitze in 4–5 Minuten weich braten. Den Knoblauch 1 Minute mitbraten. Bohnen, Reis, Gewürze und Salz dazugeben und bei schwacher Hitze kurz braten. Safranwasser, Brühe, Tomaten und Tomatenmark hinzufügen und alles zum Kochen bringen, dann zugedeckt 20 Minuten köcheln lassen.

Sojabohnen, Mangold und Artischockenherzen untermischen. Die Paella zugedeckt 8 Minuten köcheln lassen, bis die Flüssigkeit aufgesogen ist und Reis und Bohnen weich sind. Vom Herd nehmen und 5 Minuten durchziehen lassen. Direkt vor dem Servieren mit Koriandergrün bestreuen.

Für 6 Personen

Tipp: Sojabohnen sind im Asien- oder Bioladen erhältlich.

Shepherd's Pie mit Erbsen-Kartoffel-Haube

2 EL Olivenöl
2 Möhren, fein gehackt
1 große Zwiebel, fein gehackt
1 große Selleriestange, fein gehackt
2 Knoblauchzehen, gehackt
800 g Lamm-Hackfleisch
375 ml Rinderbrühe
2 EL Tomatenmark
1 EL Worcestersauce
2 Zweige Thymian
1 EL Mehl
3 EL gehackte Petersilie

Erbsen-Kartoffel-Haube
750 g mehlig kochende Kartoffeln, in 5 cm große Würfel geschnitten
300 g gefrorene Erbsen
40 g Butter, plus etwas zerlassene Butter zum Einpinseln
2 EL Milch

Den Backofen auf 200 °C vorheizen. Das Öl bei mittlerer Temperatur in einem Topf erhitzen. Gemüse und Knoblauch 5 Minuten anschwitzen. Auf hohe Temperatur umschalten, das Fleisch zugeben und 5–7 Minuten hellbraun anbraten. Brühe, Tomatenmark, Worcestersauce und Thymian zugeben.

Zum Kochen bringen, dann die Temperatur reduzieren und unter gelegentlichem Rühren 20–25 Minuten köcheln lassen. Das Mehl einrühren. 5 Minuten kochen lassen. Den Thymian entfernen, die Petersilie zufügen und würzen. Die Mischung in eine ofenfeste Form (2 l Inhalt) umfüllen.

Während das Fleisch gart, die Haube vorbereiten. Die Kartoffeln 15 Minuten kochen. In einem anderen Topf die Erbsen 3 Minuten kochen. Kartoffeln und Erbsen abgießen. Die Kartoffeln stampfen, Butter und Milch unterrühren und kräftig würzen. Die Erbsen im Mixer pürieren und unter den Kartoffelbrei rühren.

Den Kartoffelbrei auf der Fleischmischung verteilen. Mit einer Gabel ein Muster in die Oberfläche ziehen. Mit der zerlassenen Butter einpinseln und 20 Minuten überbacken, bis die Haube goldbraun ist. Vor dem Servieren etwas abkühlen lassen.

Für 4 Personen

Gefüllte Ofenkartoffeln

4 große, mehlig kochende Kartoffeln, je etwa 150 g

Füllung mit Bacon, Käse und Mais
4 Scheiben Bacon, fein gewürfelt
125 g Maiskörner aus der Dose, im Mixer mit etwas Butter grob püriert
60 g würziger Hartkäse, gerieben
2 EL Schnittlauchröllchen

Füllung mit Ricotta, Spinat und Schinken
1 EL Olivenöl
1 kleine rote Zwiebel, fein gehackt
80 g Kochschinken, fein gewürfelt
50 g junger Blattspinat
160 g frischer, fester Ricotta
3 Frühlingszwiebeln, in dünne Ringe geschnitten

Füllung mit Chorizo, Tomate und Oliven
2 Chorizo-Würste, fein gewürfelt
2 Tomaten, fein gewürfelt
40 g Kalamata-Oliven ohne Stein, gehackt
2 EL gehacktes Basilikum
50 g Feta, zerbröselt

Den Backofen auf 200 °C vorheizen. Die Kartoffeln waschen, abtrocknen und mit einer Gabel anstechen. In Alufolie 1 Stunde im Ofen garen.

Kurz bevor die Kartoffeln gar sind, die Füllungen vorbereiten. Für die Bacon-Füllung den Bacon in einer beschichteten Pfanne 3 Minuten anbraten. Vom Herd nehmen und auf Küchenpapier abtropfen lassen. Den Mais in einem Topf erwärmen. In eine Schüssel geben, Speck und Käse einrühren und mit Schnittlauch bestreuen.

Für die Ricotta-Füllung das Öl bei mittlerer Temperatur in einer Pfanne erhitzen. Die Zwiebel darin 2 Minuten anbraten. Vom Herd nehmen und in eine Schüssel geben. Schinken, Spinat und Ricotta zufügen, verrühren und mit den Frühlingszwiebeln bestreuen.

Für die Chorizo-Füllung die Chorizo in einer Pfanne 5 Minuten anbraten. Tomaten und Oliven 2 Minuten mitbraten. In eine Schüssel geben und mit Basilikum und Feta bestreuen.

Die gegarten Kartoffeln kreuzweise einschneiden und in der Mitte zusammendrücken, sodass sich die Einschnitte öffnen. Mit einer Füllung nach Wunsch servieren.

Für 4 Personen

Lammpastete auf walisische Art

750 g Lammfleisch (aus der Schulter), gewürfelt
50 g Mehl, mit Salz und Pfeffer gewürzt
2 EL Olivenöl
200 g durchwachsener Speck, fein gewürfelt
2 Knoblauchzehen, gewürfelt
4 große Lauchstangen, in Ringe geschnitten
1 große Möhre, gewürfelt
2 große Kartoffeln, in 1 cm große Würfel geschnitten
350 ml Rinderbrühe
1 Lorbeerblatt
2 EL gehackte Petersilie
400 g Tiefkühl-Blätterteig, aufgetaut
1 Ei, leicht verquirlt

Das Fleisch in dem gewürzten Mehl wenden, überschüssiges Mehl abschütteln. Das Öl in einer großen Pfanne erhitzen. Das Fleisch darin bei mittlerer Hitze portionsweise je 4–5 Minuten braten. Den Speck dazugeben und 3 Minuten mitbraten, dann Knoblauch und Lauch 5 Minuten mitbraten, bis der Lauch weich ist.

Fleisch, Lauchmischung, Möhre, Kartoffeln, Brühe und Lorbeerblatt in einen Topf geben. Aufkochen und zugedeckt bei schwacher Hitze 30 Minuten köcheln lassen. Dann noch 1 Stunde offen köcheln lassen, bis das Fleisch zart und die Flüssigkeit eingekocht ist. Mit Salz und Pfeffer abschmecken, Lorbeerblatt entfernen und die Petersilie untermischen. Abkühlen lassen.

Den Backofen auf 200 °C vorheizen. Die Lammfüllung auf sechs ofenfeste Portionsformen verteilen. Den Teig in vier Stücke teilen und zwischen Backpapier zu Deckeln ausrollen, die auf die Formen passen. Die Teigdeckel auf die Füllung legen, überstehenden Teig abschneiden, die Ränder mit einer Gabel andrücken. Die Teigdeckel zweimal einschneiden, damit der beim Backen entstehende Dampf entweichen kann. Mit Ei bepinseln und die Pies 45 Minuten goldbraun backen.

Für 6 Personen

Rindfleisch mit Kartoffeln, Erbsen und Ingwer

Öl, zum Frittieren und zum Braten
1 Kartoffel, in kleine Würfel geschnitten
1 Stück (2,5 cm) frischer Ingwer
500 g Hüftsteak, in dünne Streifen geschnitten
3 Knoblauchzehen, zerdrückt
2 Zwiebeln, in Ringe geschnitten
60 ml Fleischbrühe
2 EL Tomatenmark
½ EL Sojasauce
1 TL Chilipulver
3 EL Zitronensaft
50 g Erbsen (frisch oder tiefgekühlt und aufgetaut)
3 Tomaten, gewürfelt

Einen Topf zu einem Drittel mit Öl füllen. Das Öl auf 180 °C erhitzen (ein Brotwürfel bräunt darin in 15 Sekunden). Die Kartoffelwürfel darin goldbraun frittieren. Auf Küchenpapier abtropfen lassen.

Den Ingwer im Mörser fein zerreiben, in ein Mulltuch geben und den Saft auspressen (etwa 1 EL).

Das Rindfleisch in einer Schüssel mit Knoblauch, 1 TL gemahlenerm Pfeffer und Ingwersaft mischen. 2 EL Öl in einem Topf erhitzen, das Rindfleisch darin bei starker Hitze portionsweise kräftig anbraten.Herausnehmen und warm halten. Die Zwiebelringe in etwas heißem Öl bei schwacher Hitze goldgelb braten, aus der Pfanne nehmen.

Brühe, Tomatenmark, Sojasauce, Chilipulver und Zitronensaft in den Topf geben und bei mittlerer Hitze einkochen lassen. Die gebratenen Zwiebelringe und die Erbsen hinzufügen und 3 Minuten mitkochen, dann die Tomaten 1 Minute mitgaren. Rindfleisch und Kartoffeln untermischen und alles noch einmal erhitzen.

Für 4 Personen

Tagliatelle mit Artischocken und Hähnchen

1 EL Olivenöl
3 Hähnchenbrustfilets
500 g Tagliatelle oder andere Bandnudeln
8 Scheiben Parmaschinken
280 g abgetropfte Artischocken in Öl, geviertelt (60 ml Öl aufbewahren)
150 g getrocknete Tomaten, in dünne Streifen geschnitten
100 g junge Rucolablätter
2–3 EL Balsamico-Essig

Eine Grillpfanne mit Öl bepinseln und sehr heiß werden lassen. Die Hähnchenbrustfilets darin auf jeder Seite bei starker Hitze 6–8 Minuten grillen, bis sie durchgegart sind. In dünne Streifen schneiden, beiseitestellen.

Die Tagliatelle nach Packungsangabe bissfest garen. Inzwischen den Schinken in einer Pfanne auf dem Herd oder unter dem heißen Grill knusprig rösten. Leicht abkühlen lassen, dann in Stücke brechen.

Tagliatelle abgießen und abtropfen lassen. Mit Hähnchenstreifen, Schinken, Artischocken, Tomaten und Rucola in einer Schüssel mischen. Das Artischockenöl mit dem Balsamico verrühren und über das Gericht träufeln. Mit Salz und Pfeffer würzen. Sofort servieren.

Für 6 Personen

Penne mit Gemüse und Pesto

Pesto
2 Bund Basilikum (etwa 200 g)
75 g Pinienkerne
1 Knoblauchzehe, grob zerkleinert
30 g geriebener Pfeffer-Pecorino
1 rote Chilischote, grob gehackt
150 ml Olivenöl

200 g Brokkoli, in Röschen geteilt
100 g Champignons, in Scheiben geschnitten
1 Möhre, in streichholzdünne Stifte geschnitten
200 g grüner Spargel, von holzigen Enden befreit, in 2 cm lange Stücke geschnitten
500 g Penne
1 sehr kleine rote Paprikaschote, in streichholzdünne Stifte geschnitten (Julienne)

Für das Pesto Basilikum, Pinienkerne, Knoblauch, Käse und Chili in der Küchenmaschine fein zerkleinern. Bei laufendem Motor das Olivenöl in dünnem Strahl dazugießen und untermixen. Das Pesto abschmecken.

Den Boden eines großen Dämpfeinsatzes mit Backpapier belegen. In das Papier Löcher stechen. Brokkoli, Pilze, Möhre und Spargel darauf verteilen und den Dämpfeinsatz verschließen. Den Korb in einen Topf oder einen Wok mit etwas köchelndem Wasser darin setzen. Gemüse und Pilze etwa 4–5 Minuten dämpfen, bis sie knapp gar sind.

In der Zwischenzeit die Pasta in reichlich sprudelnd kochendem Salzwasser nach Packungsangabe bissfest garen. In ein Sieb schütten, abtropfen lassen und wieder in den Topf geben. Das gedämpfte Gemüse sowie Paprika und Pesto hinzufügen und sorgfältig untermischen. Heiß oder kalt servieren. Nach Belieben geriebenen Pecorino zum Bestreuen dazu reichen.

Für 4 Personen

Asiatische Nudeln mit Paprika und Zuckerschoten

250 g chinesische Eiernudeln
1 EL Öl
1 rote Zwiebel, in schmale Spalten geschnitten
2 Knoblauchzehen, zerdrückt
3 cm frischer Ingwer, in streichholzdünne Streifen geschnitten (Julienne)
150 g Zuckerschoten, große Exemplare quer schräg halbiert
1 Möhre, längs halbiert, die Hälften quer in Scheiben geschnitten
1 rote Paprikaschote, in dünne Streifen geschnitten
4 EL Char-Siu-Sauce (Asienladen)
1 Handvoll Korianderblätter

Die Nudeln nach Packungsangabe einweichen oder kochen. Abgießen und gut abtropfen lassen.

Den Wok bei starker Hitze heiß werden lassen. Das Öl hineingeben und durch Schwenken verteilen. Die Zwiebelspalten darin mit Knoblauch und Ingwer 1 Minute pfannenrühren. Zuckerschoten, Möhre und Paprika hinzufügen; 2–3 Minuten weiterrühren.

Die Nudeln und die Char-Siu-Sauce zur Gemüsemischung geben und untermischen. Das Ganze noch 2 Minuten garen. Vor dem Servieren die Korianderblätter unterheben.

Für 4 Personen als Beilage

Gemüsecurry mit Linsen

1 TL Rapsöl
1 große Zwiebel, gewürfelt
2 Knoblauchzehen, gewürfelt
1–2 EL Currypaste
1 TL gemahlene Kurkuma
200 g Tellerlinsen, abgespült, abgetropft
1,25 l Gemüsebrühe oder Wasser
1 große Möhre, in 2 cm große Würfel geschnitten
2 Kartoffeln, in 2 cm große Würfel geschnitten
1 Süßkartoffel (etwa 250 g), geschält, in 2 cm große Würfel geschnitten
350 g Blumenkohl, in Röschen zerteilt
150 g grüne Bohnen, halbiert
Basilikum und Koriandergrün, zum Garnieren

Das Öl in einem Topf bei mittlerer Hitze heiß werden lassen. Die Zwiebelwürfel mit dem Knoblauch darin in etwa 5 Minuten glasig dünsten. Currypaste und Kurkuma hinzufügen. Alles 1 Minute rühren, dann Linsen und Brühe bzw. Wasser dazugeben.

Aufkochen und zugedeckt 30 Minuten köcheln lassen. Nach 10 Minuten Möhren, Kartoffeln und Süßkartoffeln hinzufügen. Alles weiterköcheln lassen, bis die Linsen, Kartoffeln und Möhren gar, aber noch bissfest sind.

Blumenkohl und Bohnen dazugeben und das Curry weitergaren, bis alles Gemüse weich und ein Großteil der Flüssigkeit verdampft ist. Falls zu viel Flüssigkeit im Topf ist, das Gericht noch ein paar Minuten offen köcheln lassen. Das Curry mit Basilikum und Koriander garnieren und servieren.

Für 4 Personen

Curry-Auberginen aus dem Wok

2 EL Öl
½–1 lange grüne Chilischote, in dünne Ringe geschnitten
4 rote Schalotten, gewürfelt
2 Knoblauchzehen, in dünne Scheiben geschnitten
2 EL milde Currypaste
350 g schlanke Auberginen, schräg in 1 cm dicke Scheiben geschnitten
3 Tomaten, längs geachtelt
100 g junger Blattspinat

Den Wok bei starker Hitze heiß werden lassen. Das Öl hineingeben und durch Schwenken verteilen. Chili, Schalotten und Knoblauch darin 1 Minute pfannenrühren. Currypaste hinzufügen; alles 1 weitere Minute rühren.

Die Auberginen in den Wok geben und etwa 3 Minuten pfannenrühren, bis sie weich werden. Die Tomaten und 125 ml Wasser hinzufügen. Alles unter gelegentlichem Rühren 10 Minuten zugedeckt garen, bis die Auberginenscheiben weich sind. Den Spinat unterheben und in etwa 1 Minute zusammenfallen lassen. Das Gericht sofort servieren.

Für 4 Personen als Beilage

Gefülltes Landbrot

2 rote Paprikaschoten
1 Aubergine, in dünne Scheiben geschnitten
1 große rote Zwiebel, in dünne Ringe geschnitten
1 rundes Weißbrot (450 g)
1 EL Olivenöl
2 Knoblauchzehen, fein gewürfelt
1 TL gehackter Zitronenthymian
250 g Blattspinat
350 g Ricotta

Den Grill vorheizen. Die Paprikaschoten vierteln, von Samen und Trennwänden befreien und mit den Hautseiten nach oben auf ein Backblech legen. Die Auberginen mit etwas Öl beträufeln und ebenfalls auf das Backblech legen. Das Gemüse unter dem heißen Grill etwa 7 Minuten rösten. Die Auberginen einmal wenden. Die Paprika rösten, bis sie auf den Hautseiten angekohlt sind und Blasen werfen, dann in einem Gefrierbeutel abkühlen lassen. Schoten häuten und fein würfeln. Die Zwiebelringe 6 Minuten grillen, bis sie weich sind, dabei einmal wenden.

Vom Brotlaib einen Deckel abschneiden; das Brot aushöhlen. Öl, Knoblauch und Thymian mischen und das Brot damit auf der Innenseite bepinseln. Den Spinat tropfnass in einen Topf geben und erhitzen, bis er zusammenfällt. Herausnehmen und ausdrücken.

Die Hälfte der Auberginen in das Brot legen, dann Paprika und Zwiebeln, Ricotta, Spinat und restliche Auberginen daraufschichten. Die einzelnen Lagen mit Salz und Pfeffer würzen und fest zusammendrücken. Brotdeckel aufsetzen, den Laib in Alufolie wickeln. Mit einem Gewicht beschweren und über Nacht kühl stellen. Vor dem Servieren in Spalten schneiden.

Für 8 Personen

Nudelauflauf mit Schinken und Gemüse

3 EL Olivenöl
35 g Semmelbrösel
250 g kleine Nudeln
6 Scheiben luftgetrockneter Schinken, fein gewürfelt
1 rote Zwiebel, gewürfelt
1 rote Paprikaschote, von Samen und Trennhäuten befreit, gewürfelt
100 g halb getrocknete Tomaten, grob gehackt
3 EL in Streifen geschnittenes Basilikum
100 g geriebener Parmesan
4 Eier, leicht verquirlt
250 ml Milch

Den Backofen auf 180 °C vorheizen. Eine runde Auflaufform (26 cm) mit etwas Olivenöl einfetten und mit 2 EL Semmelbröseln bestreuen. Die Nudeln in reichlich kochendem Salzwasser bissfest garen. Abgießen und in eine große Schüssel geben.

1 EL Öl in einer großen Pfanne erhitzen. Schinken und Zwiebel darin bei mittlerer Hitze 3–4 Minuten braten. Paprika und Tomaten 1–2 Minuten mitbraten. Mit Basilikum und Parmesan zu den Nudeln geben und alles gut mischen, dann in die Form geben.

Eier und Milch verquirlen, mit Salz und Pfeffer würzen. Die Eiermischung über die Pasta gießen. Restliche Semmelbrösel und restliches Öl mischen, mit Salz und Pfeffer würzen und über den Auflauf streuen. 40 Minuten backen, bis der Auflauf fest ist, dann 5 Minuten ruhen lassen. Den Auflauf in Spalten schneiden und nach Belieben mit grünem Salat servieren.

Für 6–8 Personen

Überbackene Eier mit Gemüse

80 ml Olivenöl
400 g Kartoffeln, geschält und in 2 cm große Würfel geschnitten
100 g dünne Scheiben roher Schinken
1 rote Paprikaschote, Stielansatz, Samen und Scheidewände entfernt und in feine Streifen geschnitten
1 Zwiebel, gehackt
150 g dünner grüner Spargel, geputzt
100 g frische oder tiefgefrorene Erbsen
100 g junge grüne Bohnen, geputzt und in Stücke geschnitten
500 g vollreife Tomaten, enthäutet, entkernt und gehackt
2 EL Tomatenmark
Fett für die Form
4 Eier
100 g Chorizo (spanische Paprikawurst), in dünne Scheiben geschnitten
2 EL gehackte glatte Petersilie

Das Olivenöl in einer großen Pfanne erhitzen, die Kartoffeln auf mittlerer Stufe rundherum 8 Minuten bräunen und mit einem Schaumlöffel wieder herausheben. Die Temperatur herunterstellen. 2 Scheiben Schinken in dünne Streifen schneiden und mit den Paprikastreifen und der Zwiebel in der Pfanne 6 Minuten anschwitzen.

4 Spargelstangen beiseitelegen, den Rest mit den Erbsen, den Bohnen, den Tomaten und dem Tomatenmark zu den anderen Zutaten in die Pfanne geben und 125 ml Wasser zugießen. Großzügig mit Salz und Pfeffer würzen, die Kartoffeln unterheben und zugedeckt bei schwacher Hitze 10 Minuten garen. Gelegentlich umrühren.

Den Backofen auf 180 °C vorheizen. Eine große, ovale Auflaufform fetten. Das Gemüse einfüllen, vorhandenen Saft weggießen. Mit einem Löffelrücken in gleichmäßigem Abstand vier tiefe Mulden in das Gemüse drücken, die Eier aufschlagen und je 1 Ei hineingleiten lassen. Den restlichen Spargel und die Chorizoscheiben darüber verteilen. Den verbliebenen Schinken in Stücke schneiden und mit der Petersilie darüberstreuen. Den Auflauf etwa 20 Minuten backen, bis das Eiweiß nur eben gestockt ist. Warm servieren.

Für 4 Personen

Tajine-Omelett mit Tomaten

2 EL Olivenöl
1 weiße Zwiebel, fein gehackt
1 TL gemahlener Koriander
1 TL Paprikapulver
1 Prise Cayennepfeffer
2 Dosen gehackte Tomaten (je 400 g)
3 EL gehackte glatte Petersilie
3 EL gehacktes Koriandergrün, zusätzlich etwas zum Servieren
8 Eier

Eine beschichtete Pfanne (25–28 cm Ø) mit Deckel verwenden. Öl hineingeben, Zwiebel bei mittlerer Hitze glasig braten. Koriander, Paprika und Cayennepfeffer dazugeben und weitere 2 Minuten braten. Tomaten, Petersilie und Koriander zugeben. Auf mittlere Hitze reduzieren, mit Salz und Pfeffer abschmecken und ohne Deckel etwa 10 Minuten köcheln, bis die Sauce eindickt.

Die Eier in eine Schüssel geben und 2 EL Wasser hinzufügen. Abschmecken und mit der Gabel leicht aufschlagen. Eier über den Rücken eines Löffels auf die Sauce gießen, sodass sie gleichmäßig bedeckt ist. Deckel auflegen und bei mittlerer Hitze 25 Minuten garen, bis das Ei gestockt und etwas aufgegangen ist. Mit frischem Koriandergrün bestreuen und sofort servieren. Brot dazu reichen.

In der Tajine garen: Die Tomatensauce in Pfanne oder Topf zubereiten. Bleche bis auf das untere Gitter aus dem Ofen nehmen Den Ofen auf 180 °C vorheizen. Sauce in die Tajine geben, abdecken und 10 Minuten zum Erhitzen in den Ofen stellen. Tajine aus dem Ofen nehmen, sofort die geschlagenen Eier über die Sauce gießen, Deckel aufsetzen und erneut 5–8 Minuten in den Ofen stellen, bis das Omelett gestockt ist.

Für 4 Personen

Kartoffelomelett

500 g vorwiegend festkochende Kartoffeln, geschält und in 1 cm dünne Scheiben geschnitten
60 ml Olivenöl
1 Zwiebel, in dünne Ringe geschnitten
4 Knoblauchzehen, in dünne Scheiben geschnitten
2 EL fein gehackte glatte Petersilie
6 Eier

Die Kartoffeln in einem großen Topf mit kaltem Wasser bedecken, bei starker Hitze zum Kochen bringen und 5 Minuten garen. Abgießen und beiseitestellen.

Das Öl in einer beschichteten Pfanne auf mittlerer Stufe erhitzen. Die Zwiebel und den Knoblauch darin 5 Minuten anschwitzen, bis sie weich sind.

Die Kartoffelscheiben und die Petersilie zugeben, gut verrühren, sodass sämtliche Zutaten gleichmäßig in der Pfanne verteilt sind, und alles 5 Minuten garen.

Die Eier mit je 1 Teelöffel Salz und frisch gemahlenem Pfeffer verquirlen. Die Mischung gleichmäßig über die Kartoffeln gießen und zugedeckt bei schwacher bis mäßiger Hitze 20 Minuten backen, bis das Ei gerade gestockt ist. Das Omelett auf eine Platte gleiten lassen oder in der Pfanne servieren.

Für 6–8 Personen

Rührei mit grünem Spargel

2 Knoblauchzehen, gehackt
1 dicke Scheibe Weißbrot, entrindet
60 ml Olivenöl
175 g grüner Spargel, in 2 cm lange Stücke geschnitten
1 TL Paprikapulver, edelsüß
2 EL Weißweinessig
6 Eier, verquirlt

Den Knoblauch und das Brot im Mixer oder im Mörser unter Zugabe von 1–2 Esslöffeln Wasser zu einer lockeren Paste verarbeiten.

Das Öl in einer Pfanne auf mittlerer Stufe erhitzen und die Spargelstücke darin 2 Minuten sautieren, bis sie weich zu werden beginnen. Die Knoblauch-Brot-Mischung, das Paprikapulver, den Essig und 1 Prise Salz zugeben, umrühren und zugedeckt 2–3 Minuten garen, bis der Spargel zart ist.

Die verquirlten Eier in die Pfanne gießen und unter gelegentlichem Rühren einige Minuten behutsam stocken lassen. Das Rührei rechtzeitig vom Herd nehmen, es sollte cremig und im Kern noch relativ feucht sein. Mit Salz und frisch gemahlenem Pfeffer abschmecken und sofort servieren.

Für 4 Personen